櫻田智也

Tomoya
Sakurada

Six-colored Pupas

# 六色の蛹《さなぎ》

東京創元社

# 目次

# 六色の蛹《さなぎ》

# 白が揺れた

初冬の山はどこかよそよそしい匂いがする。

鹿を引きずりながら斜面をくだり、小さな川沿いの、開けた場所まで辿りついた。荒い呼吸をしずめようと深く息を吸い込むたび、十一月早朝の冷気が気管の奥を刺激して、串呂《くしろ》は烈《はげ》しくむせ返った。咳《せき》に重なり、遠くで乾いた銃声が聞こえた。

鹿の心臓はすでに動いていない。もともと弱っていたところへ、腹部にライフルの銃弾を撃ち込んだ。

間もなく七時半になろうとしている。日の出から山に入っておよそ一時間。撃った弾は一発のみ。効率のよい仕事ぶりといえた。

鹿の黒くつぶらな瞳が、もうなにもみていない。つい先ほどまでの異常な昂《たかぶ》りが、その深い闇へ吸い込まれるように萎《しぼ》んでいった。串呂は咳を繰り返しながら、半ば崩れるように地面に片膝《かたひざ》をついた。

不意に重みを増した銃を肩からおろし、銃床《じゅうしょう》のほうを下に、台尻を地面につけてまっすぐ立てた。真上を向く銃口を自分へと傾けると、黒い穴が鹿の瞳の虚《うつ》ろと重なった。

口のなかに鉄の味がよみがえる。獣の肉がもつ濃い血の味の記憶。自分が仕留めた、グラムいくらの肩書きをもたない肉は、いつも串呂に生と死の近さを思いださせた。

獣の熱と、獣を撃った者の熱が、匂いとなって混じり合いながら、まっすぐ立ちのぼる。それに誘われてか、肉食のスズメバチが一匹、不穏な羽音とともにあらわれて、鹿の上でホバリングをはじめた。

黒地に白の縞模様《しまもよう》。このあたりで「へぼ」と呼ばれるクロスズメバチだ。ほかの虫を襲って食料とする狩蜂《かりばち》の仲間だが、動物の死体に群がることもあると聞く。

鹿を品定めにきたクロスズメバチ――そう思ったあとで、そのくびれてみえる胸の部分に、半紙でも裂いてつくったのか、細長いこよりのようなものが結わえられていることに気づく。

こよりはほとんど揺れもせず真下に垂れていた。今朝は風がない。いまはまだ、冷えた空気はどこかの谷底で、太陽の熱に揺り起こされるのを静かに待っているのだろう。白い紙の先が鹿の腹の銃創《じゅうそう》に触れ、にじむように血を吸いあげた。

そのとき、ざざざっ……と小さな音が聞こえた。串呂は一瞬、それを紙が血を吸う音に錯覚して目を剝《む》いた。すぐにちがうと気づき、音のする斜面のほうへ顔を向ける。自分がおりてきたのとはべつの峰の、登山道のある林のほうから、男がひとり駆けおりてきていた。聞こえていたのは、彼が落ち葉を蹴散らす音だった。朝の山に似つかわしくない騒々しさだ。

男は両腕をぴんと真横に伸ばして斜面をくだってくる。スピードに脚が追いつかず、いまにももつれて転びそうに思えるのだが、不思議ともちこたえて、必死の形相がみえる距離まで近づいてきた。

串呂はよろよろと立ちあがりながら、

「蜂ならここにいるぞ」

と、向かってくる男に呼びかけた。

結わえられた白いこよりは、蜂を見失わないためのマーキングにちがいなかった。

この地方には、クロスズメバチの幼虫——いわゆる食用の蜂の子——をつかまえるため、肉や魚でおびき寄せた働き蜂に目印をつけ、それを追いかけて巣をさがすという手法が伝わっている。それぞれ獲物は異なるが、串呂もスズメバチも駆けてきた男も、ここに集まったのは、みなハンターというわけだ。

　ところが声をかけられた当人は、串呂のそばをなにもいわずに駆け抜けて、両腕を伸ばしたまま、ぴょんと小川を飛び越え向こう岸にいってしまった。

　串呂は首をひねった。たしかあの男、昨日のワークショップの参加者で、今日は町内の〈名人〉から個人的に〈へぼ獲《と》り〉を習うことになったはず。

　このあたりで、〈へぼ獲り〉の盛りといえば初夏である。獲った蜂の子は、すぐ食用にするわけではない。土から掘りだした小さな巣を丸ごともち帰り、用意した巣箱のなかで秋まで飼育して収穫量を増やすのだ。ミツバチ同様スズメバチを家畜にしてしまうわけである。冬を迎えるこの時期は、野生の巣をみつけたところで蜂の子の量はそれほど期待できないのだが、へぼ獲り体験を楽しむだけというなら、ぎりぎり間に合うらしかった。

　串呂はあらためて声をかけようとしたが、そうする前に男の速度が落ちた。小川から十メートルほどのところでようやく立ちどまり、手を腰に、くるりと回れ右をしたかと思うと、へらへら笑いながらこちらのほうに戻ってきた。

「とまりたくてもとまれなかったんです」

　キャップをとって、汗でぺたんこになった髪をかきながら弁明する。男のオレンジ色のキャップは、視認性はよいが紅葉に紛れてしまう点で難があり、この時期あまりおすすめできない。串呂はといえば、買ったばかりの、明るい青色のキャップをかぶっていた。

「飛行機ごっこでもしてるのかと思ったよ」

「オーバーランで危うく大惨事でした」

「これ、あんたの蜂だろ」

「紙を結わえたのは名人です」

へぼ獲り愛好家の多くは、働き蜂にもち帰らせる餌のほうに目印をつける。蜂に直接こよりを結わえるのは、このあたりでは名人だけらしい。

「で、その名人はどこにいるんだ」

「なにをどう見誤ったのか、途中でへぼが飛んでいったのとは真逆《まぎやく》の方向へ走っていきまして。どちらを追うべきか迷ったのですが」

「八十三歳の師匠を見捨てたわけだ」

「なにしろ『とにかく蜂を追え』というのが唯一の教えだったのです。背《そむ》くわけにもいかず。いま思えば目印をつけておくべきは名人のほうでした」

「風船でもあればな。イベントでつかったのが、たくさん余ってたのに」

「目立つから、動物と誤って撃たれる心配もなくなりますしね」

誤射による事故の危険性は、ワークショップで繰り返しあげられたテーマだった。遭難がどれほど簡単に起こるかについても、誰か触れておくべきだったのかもしれない。

「たしかあんた、ヘリサワさんとかいったな」

「エリです。魚偏に入ると書いて魞《えり》。ケモノ偏の猟ではなくサンズイの漁につかう道具です」

「サワもサンズイの？」

「ええ。この沢」

と、小川を指さして飛び越え、口笛でも吹きだしそうな表情で近寄ってくる。

「そうか、鮎沢さんだったか。昨夜の懇親会では酔っぱらっちまって、ちゃんと憶えてなかった。申し訳ない。俺は串呂」

「あらためまして、どうぞよろしくお願いします。串呂さんは、あちらの林のほうからおりてきましたね」

「みえてたのかい」

「自慢といえば視力くらいでして。串呂さんがここにおりたのはわかっていたんですが、なにしろぼくの行先は蜂まかせ。こうして合流できて幸いです。さすがにひとりは心細くて。とくに銃声が聞こえたときは」

「今日は何組か入っているようだな」

「串呂さんはおひとりで」

「俺はいつもひとりだよ」

「ごらんのとおり、ぼくもなぜだかそうなります。町内のお住まいではないとうかがいましたが、この山には、よく？」

「まあ、主戦場にしてるな」

そうですかとうなずいてから、鮎沢はしゃがんで鹿の亡骸《なきがら》に掌《てのひら》を合わせた。そのあいだに、どこかで雉《きじ》が二回甲高く啼《な》いた。

ややあって串呂をみあげた鮎沢が、

「わざとらしいですかね。スーパーの食品売り場じゃこんなことしないのに」

と、照れくさそうにいった。

「パック詰めされる前に、誰かが祈ってくれてるだろう」

「ツノに枝分かれが一か所。一歳か二歳……でしょうか」

興味は蜂だけかと思っていたが、それ以外の講演についても、どうやらちゃんと聴いていたらしい。串呂もしゃがんで、両手で鹿の口を開いた。

「そうだな……すべて永久歯に生え替わっているから、判定するなら二歳ってところか。それにしては小さめの個体だが……」

そういって、串呂は腰の剣鉈《けんなた》を抜く。字のとおり、剣のように先の尖《とが》った鉈だ。刃渡りは二十一センチしかないが、見た目はナイフというより日本刀のイメージに近い。串呂は首の付け根を狙って剣鉈を突き、滑らせて動脈を断った。肉の鮮度を保つための放血《ほうけつ》作業だが、流れでる血に、もはや勢いはなかった。

魞沢の視線が首から逸《そ》れた。血抜きを正視できなかったのかと思ったが、彼の目が腹部の銃創に向けられたのが気になった。飛び散った血が、毛を汚している。貫通することなく鹿の身体《からだ》にとどまった弾が、傷口から覗《のぞ》いていた。

「この位置だと即死ではなかったでしょうね」

「まあ、そうだろうな」

「しかし、とどめを撃った痕《あと》はありませんね。昨日の話では、一発で仕留められなかった場合、苦しませないよう、なるべくはやく急所を撃つのが串呂さんの流儀だと」

「即死ではなかったかもしれないが、倒れた鹿の近くまできたときには、もう絶命していた。みろ、右のうしろ足に傷がある。一度罠にかかり、なんとか逃げたものの、そうとう衰弱していたんだろう。実際、銃口を向けた時点で、ほとんど動いていなかった」

「それなのに、弾が当たったのは急所から遠いこの位置だったと」

そう指摘され、串呂は笑う以外なかった。

「あんまり痛いところを突かんでくれ。えらそうに講師なんか引き受けたくせに、このとおり腕が悪い。あんたの追いかけてる蜂より、俺のほうがよっぽど『へぼ』だ」

串呂につられて笑った鈑沢だったが、すぐに「しまった」という顔になり、

「いや、すみません。たいへん失礼しました。いきなり獲物を見失う名人より、よっぽど腕が立つと思います」

木は森に隠せというが、失礼を失礼で誤魔化《ごまか》すというやりかたがあるらしい。

「とんでもない、指摘のとおりだよ。教えた知識をいまみたいに活用してもらえると、ワークショップを開いた甲斐《かい》があったってもんだ。それにしても、へぼ獲り名人はどこへいったかな……ん？　話しているうちにスズメバチまでどこかにいっちまったぞ」

「ええ。結局どちらも見失ってしまいました」

たいして残念でもなさそうな口調でいう。蜂は鹿を目当てに飛んできたわけではなく、たまたま帰り道の途中でみつけた亡骸に、束の間、興味を引かれたにすぎなかったのだろう。

「ところで名人、今日はへぼ専門だよな？　まさか銃を車に積んじゃいないだろうな」

自動車はたとえ施錠していたとしても、銃の保管庫とは認められない。車内に放置するのは違反行為だ。

「名人は銃もやりますか」

「むかしはそっちでも名人と呼ばれていたらしい……本人談だけどな」

「あらぬ方向へ撃ちそうで怖いです」

たった数時間のうちに弟子の信頼をここまで失った名人を、串呂は哀れんだ。

「まあでも、警察にみつからなければ大丈夫でしょう」

「そういう問題じゃない」

「すみません。つい曲がった性根がでました」

「それに警察ってのは決まって間《ま》が悪いん――」

串呂の語尾をかき消して、ホイッスルの鋭い音が山に響いた。

途切れては、すぐまた聞こえる。鮖沢が、ちぢめた首を音のしたほうへ回す。

「昨日説明のあった、いわゆる遭難信号とはちがっていますが……」

「ああ。だが緊急を報《しら》せていることに間違いはなさそうだ。俺がさっきまで入っていた林のほうだな……」

「まさか熊でもでましたかね」

「このところ聞かないが……とにかく様子をみにいってみるか」

「鹿はどうします？」

そう問われ、串呂は亡骸を引きずって小川に横たえた。鹿についた土と水底の泥がわずかに流れを濁《にご》したが、すぐもとに戻った。川は浅く、腹部を汚した血までは洗い落とさなかった。

「とりあえず冷やしておこう。水に浸けるのを嫌う業者もいるが、俺は鹿を自分で食うだけで、肉屋に売るわけじゃないからな」

「胴体を撃たれた鹿は引きとらない業者も多いと聞きました。でも自分で食べるだけなら、その点も心配ありませんしね」

串呂は聞こえてもいいように舌打ちをした。魞沢がまたも「しまった」という顔をしたが、二度目の弁解はなかった。

「で、あんたもくるのかい」

「熊がこっちに向かっているかもしれません。ひとりは怖いです」

「名人からどんどん離れちまうぞ」

山では携帯電話がつながらない。

「あの人のことはひとまず忘れましょう」

真顔で薄情なことをいう。

「じゃあ、こっちは忘れないうちに一枚撮っておくとするか」

串呂はポケットから油性のスプレー缶をとりだし、鹿の茶褐色《ちゃかっしょく》の毛の、水に浸かっていない部分に、白く日付を描き入れた。

「たしか駆除の証明に提出するんでしたね」

「ああ」

農作物の食害低減のため、県は鹿を仕留めたハンターに報奨金をだしている。同じ鹿をつかって重複請求がおこなわれないよう、指定位置に日付を記した個体の写真が証拠品として要求されていた。傷だらけのデジカメで角度を変えて何枚か撮影する。

それをみていた魞沢が、両手をパンと打ち鳴らし、

「そうだ！　ついでに名人にメッセージを残しておくのはどうですか」

と、さも名案であるかのようにいった。

「鹿は伝言板じゃない」

「ごもっともです」

睨《にら》みつけると即座に撤回した。

「さて……いくか」

歩きだしても足音がついてこない。振り返ると、魞沢はまだ鹿をみつめていた。いい大人が、叱《しか》られてしゅんとしたわけでもあるまいし。

「おい。いかないのか」

声をかけると、ようやくパタパタ駆けてきた。


「串呂さん、あそこ！」

断続的に聞こえてくるホイッスルの音をたよりに、十五分ほどかけて、獣と人が踏みならした森の道を、山の中腹あたりまでのぼってきたときだった。魞沢が、ややみおろす恰好の比較的平坦な場所を指さして叫んだ。距離は七、八十メートルほどあるだろうか。そこに蛍光イエローのジャケットを着た男がいて、大きく腕を振っている。どうやらこちらに気づいているようだ。

「あれは……もしかして三木本《みきもと》じゃないか？」

同じジャケット姿で、昨日のワークショップに参加していた青年だ。

「三木本さんの名前は、酔っていてもちゃんと憶えてるんですね」

魞沢が謎の嫉妬《しっと》を向けてきた。

「熊に襲われたわけじゃあなさそうだ」

「ええ、みたところぴんぴんしています。とはいえ急ぎましょう」

熊は無関係そうだとわかり、魞沢は元気になって走りだした。やれやれと串呂も足を斜面に向けた。そのときブーツの爪先が軽いものを蹴った。みると空《から》の薬莢《やっきょう》が落ちていた。ひろって顔をあげると、なだらかな斜面の少し下のほうから、鰍沢が凍りついたような表情でこちらをみている。

「他人のものであれ、薬莢の回収はマナーだからな」

「なんのことをいってるんです？　みてください。三木本さんが救援を呼んでいた理由がわかりました。誰かがそばに倒れています。あの派手な赤いテンガロンハット……梶川《かじかわ》さんじゃないでしょうか」

「なんだと」

ふたりは駆けおり、反対に三木本は駆けあがってきた。

「鰍沢さんに串呂さん！」

「大丈夫か。なにがあった」

三人はぶつかり合うように斜面の途中で合流した。荒い息は、もう少し季節が進んでいたのなら、互いの顔を白く隠したことだろう。

「たいへんなんです。梶川さんが撃たれて……」

三木本が、すがりつくように串呂の腕を握る。

「撃たれた？　バカな」

「うしろから胸を……弾は貫通していて……おそらく即死かと……」

斜面をくだり終え、最後はそろそろと梶川のもとへ近寄った。顔を右に向けて俯《うつぶ》せで倒れている。あご紐でしっかり留められたテンガロンハットのつばは、頭の下敷きになって折れ曲がっていた。オレンジのジャケットの背に赤黒い射入口《しゃにゅうこう》。全身を一瞥《いちべつ》し、串呂は違和感を覚えた。

「この状態で、どうして弾が貫通したとわかったんだ?」

「一度抱き起こして呼びかけたんです。そのとき胸の射出口《しゃしゅつこう》をみました。身体の下の落ち葉も土も血まみれで、たぶん心臓を撃ち抜かれています。救命措置なんかしたって無駄だと感じて……そんなふうに決めつけちゃダメかもしれないですけど……それで、こういうときは発見時の状態に戻したほうがいいだろうと考えて、また俯せにしておきました。それから、誰か近くにいないかと思い、ホイッスルを吹いたんです」

発見は、獲物をさがしている最中に、たまたまだったという。

「警察と消防には」

「名人に通報をお願いしました」

「名人だって?」

思わず魞沢の顔をみたら、相手も目を丸くしていた。

「へぼ獲りの最中にホイッスルの音に気づいて、きてくれたんですよ」

「耳はしっかりしてるのか」

「え?」

「こっちの話だ」

「名人が『車で携帯のつながるところまでいって警察を呼んでくる』って、林道のほうにくだってくれたんで、ぼくはここで待つことにして」

林道からここまで五百メートルはあるだろうか。樹木の多くは葉を落としているが、さすがにそこまで見通すことはできない。

「そういえば名人、『ところで俺の弟子をみなかったか?』っていってましたけど、魞沢さん、はぐれちゃったんですか?」

「はぐれちゃったんです」

「『あれほど蜂から目を離すなといったのに』って、ぼやいてましたよ」

鯏沢がむずかしい顔で黙ってしまったので、三木本はこちらを向いた。

「梶川さんは、くくり罠の確認にきたんでしょうね」

倒れているすぐそばに罠があった。地面に設置された円盤状の板を踏むと、バネの力でストッパーが解除され、たちまちワイヤーが締まり獲物の足をくくってしまう。市販品ではなく自作のものと思われた。

「この罠、作動済みですよね」

と、三木本がつづける。たしかに仕掛けは発動していて、しかし獲物はかかっていない。

「素人《しろうと》の自作の罠じゃ、兎《うさぎ》も捕まらないってことですかね」

余裕をとり戻しつつあるとみえて、さっきから軽口が目立つ。死者に対する発言としては、適切と思えない皮肉だった。

「因果応報、ですかね」

つづけてそんなことまでいう。明らかに、昨日のワークショップで紹介された誤射事件が念頭にあっての発言だった。その事件について触れたのは、いまは冷たいかたまりとなった梶川自身である。

「おい、さすがに言葉がすぎるんじゃないか?」

「でもみてくださいよ。腰からぶらさげた白いタオル。昨夜はずいぶんえらそうに喋《しゃべ》ってましたけど、本人だってこのとおりですよ」

そうだ。そのタオルこそ、串呂が抱いた違和感の原因だった。

「……ハンターのなかには、血抜きよりも体温をさげることが肉の味には重要だとして、なにより冷やすことの重要性を説くかたもいます。ただ個人的には、やはりすみやかな放血が鮮度維持には欠かせないと考え、常に実践しています。もちろん心臓が動いている最中のほうが放血の勢いはありますが、ここでも安全第一を考えるべきです。意識を失ったと思っていた鹿が突如暴れださないよう、銃であればとどめを撃つ。罠猟で銃をもっていなければ、頭部を打つなどして完全に……」

寒那町《かんなまち》の〈地域おこし協力隊〉が『山を生きる、山を食べる』と題して企画したイベントが、週末の土日にわたって開催された。

初日は、ホテルに料理研究家と県内有名レストランのシェフを招いた〈ジビエとワインの夕べ〉が盛況で、「すぐ二回目を開くべきだ」という声が会場の酔っぱらいからあがった。

二日目の企画は至って地味で、場所は公民館の小ホール。「山の魅力を伝える」をコンセプトにしたワークショップが開かれた。地元の農家や酪農家、警察署長、養蜂家《ようほうか》にハンターを招いての講演が中心だった。聴衆は動員をかけられた役場職員含め、入れ替わり立ち替わり二十人前後だった。

「……銃による事故はいずれも、それを握る人間の注意によって防げるはずのものです。しかし尽きることがない。猟にでたからには、とにかく獲物をもち帰りたい——その気持ちが余裕を失わせ、なにかが動くガサガサという音を聞いただけで、そちらに向けて発砲してしまう、いわゆる『ガサドン』が起きる。一緒に山に入った仲間さえ撃ってしまうことがあるんです」

どんな話を期待してやってきたのか、会場には小中学生と思《おぼ》しき子どもも数人いて、銃を撃つ仕草を真似《まね》ながら囁《ささや》きを交わしている。

「加えて、キノコ採りや林業に従事するかたに発砲する事故も……事故というより事件ですが、各地であとを絶たない。たびたび耳にするのが、腰にかけていた白いタオルを、鹿の尻の白毛に見誤ったという例です。『そんなバカな』と思われる人もいるでしょうが、焦りや思い込みは簡単に五感を狂わせてしまう」

串呂は若手ハンター（といっても、もうじき四十だが）の代表として、猟友会をとおして講師を請われ、若手ゆえに断ることができず、猟をおこなううえでの基本的な安全確保の心得について、スライドや映像を交えて話した。

近年、農業被害や人的被害をもたらす害獣を駆除するうえで、後進ハンターの育成が多くの自治体で課題となっている。解決には、狩猟の魅力を伝えると同時に、ハンターの存在が地域住民に理解・信頼されることが大切だろうと、串呂は考えていた。それで講演の終盤に、あえて猟の危険性や事故の可能性について触れることにしたのだ。

ハンターに向け、安全確保の重要さを再認識すべきと説く。そういった意識をハンター側がもちつづけていると知ってもらうことが、地域住民の信頼を得るために必要だと思ったからだ。

「……最後に、とくにライフル銃を扱う場合、常に念頭に置いてほしいことがあります。ライフルは撃ちだしが速く、先の尖った銃弾に回転を与えて射出することから直進性と貫通力が高い。もし銃弾が標的を逸れた場合、あるいは標的を貫通してしまった場合に、その弾が流れ弾とならないよう受けとめてくれる〈壁〉が獲物の背後にあるか？　ということです」

串呂は会場にいる猟師の顔をゆっくりと見渡した。

「これは〈バックストップの確保〉という基本中の基本ですが、獲物を仕留めることを優先するあまり、それをおろそかにするハンターがいることで、多くの事故が起きています」

気持ちが入り、語りが熱を帯びるのが自分でもわかった。マイクを握る掌が濡れていた。

「たとえば、遮《さえぎ》るもののない開けた場所で目の前に鹿があらわれた。絶好の機会のように思えます。しかしそんなときこそ、ハンターは自制心をもたなくてはなりません。その鹿が、のぼり斜面や切り立つ崖を背に立っていたのならいいでしょう。でも、鹿の背後に青空が抜けるような状況では、決して引き金に指をかけてはならない」

そこで言葉を切り、今度は聴衆全員に視線を送った。子どもたちは、いつの間にか静かになっていた。

「銃は凶器です。ときに人間を殺し得る。銃をもつ者は、そのことを常に認識していなければなりません。本質的に凶器であるものを、しかし決して凶器としてつかわないこと。なにがあったとしても、決して銃口を人に向けないこと――それこそが、われわれハンターの矜持《きょうじ》だと考えますし、銃による事故を撲滅することが、猟に対する市民の理解を得る最善の道だと信じます。以上です。ご清聴ありがとうございました」

そうしめて頭をさげ、ふうと息を吐いてマイクを演壇に置いた。スイッチを切り忘れてゴトと大きな音が響き、串呂は最後まで汗をかいた。

拍手に重なり「どなたかご質問は?」と司会者が呼びかける。そこで手をあげたのが梶川だった。まったく反応がないのは寂しいので、猟友会メンバーが質問役を担《にな》うことになっていた。

「質問ではなく補足というかたちで、少しお話しいたします。誤射事故の例で登場した白いタオル。ご記憶のかたもいらっしゃるでしょうが、この町でも二十五年前に、キノコ採りの男性が撃たれて死亡する事件が起きております」

　おそらくは当時を知る聴衆のあいだから、ざわめきが起こって波のようにひろがった。梶川の声量が大きくなる。

「撃った人間は名乗りでることもなく逃亡。目撃情報は乏しく、千人近くが動員されて現場付近をさがしたにもかかわらず、被害者の胸を貫通した弾はついに発見されませんでした。犯人は、人間を動物と見間違えたうえバックストップのない場所で発砲したというわけです」

　地元猟友会の役員を務める梶川は、目立つ赤のテンガロンハットを小脇に抱え、淀《よど》みなく話を進める。

「先ほど串呂さんがおっしゃったように、ライフルというのは弾に回転を与えて撃ちだします。そのために銃身に施された螺旋《らせん》状の溝《みぞ》をライフリングと呼ぶわけですが、この溝の痕が撃った弾にも刻まれるわけです。いわゆる施条痕《しじょうこん》というやつですが、これは指紋のようなもので、銃の特定に非常に役立つ。しかし弾を発見できなかったことで捜査は暗礁《あんしょう》にのりあげ、十年後、業務上過失致死罪は時効となりました」

　会場にいた猟友会のメンバーが、一様に視線を伏せた。

「被害者家族は事件のあと町を去っており、あくまで伝聞ですが、遺族のかたも時効成立による失意のうちに亡くなったと。……ええ、ちょっと話が逸れましたが、このときの被害者は、全体的に地味な服装で、腰からさげた白いタオルだけが非常に目立つといった恰好だったそうです。そのことが誤射を誘発した可能性が指摘されました」

　話しつづけて梶川の声がかすれた。

「もちろん銃による事故は、銃を手にする側に責任があるのは当然のこと。それを承知のうえで、キノコ採りやお仕事で山に入られるかたがたには、悲しい事件が繰り返されることのないよう、あらためて服装などに注意をいただきたいと、お願いする次第です。わたしなんかも齢《とし》をとって目が悪くなり、最近は銃をもたずに専ら罠猟ばかりやっておりますが、都会の若者もたまげるような派手な恰好で山に入っております」

梶川がテンガロンハットをかぶると場内に笑いが起きた。彼は上着の襟《えり》の下から、首に巻いていた白いタオルを引っぱりだした。

「わたしの場合は、こうしてみえないように隠しもっています」

そういって満足そうに顔の汗を拭《ぬぐ》い、ゆっくりと着席してペットボトルのお茶を飲んだ。ほかに質問はなく、串呂の講演は終了となった。

……なぜ梶川が腰から白いタオルをさげている？

信じられない気持ちで、串呂は死者を眺めた。

「傷をみたぼくの印象では、遺体は背中から胸を、ほぼまっすぐ撃ち抜かれていました。みてください、この開けた場所。銃弾がどこまで飛んでいったか、わかりませんよ」

まるで二十五年前の事件の再現ではないか――三木本はそういいたげだ。返答に困って口ごもったそのとき、林道のほうからサイレンの音が聞こえた。

「やっときましたね」

やがてガサガサと藪《やぶ》をかきわけ、救急隊員があらわれた。彼らは、自分たちにできる仕事が残っていないことを確認すると、すぐに引き返していった。さらに十分ほどして、制服を着た警察官二名が、名人を伴ってやってきた。名人は林道で救急隊員と警察官を待って案内をしていたらしい。

「いやあ、とんでもないことになったな」

名人は串呂に声をかけたあとで魞沢に目をやり、

「おお！　無事だったか。まったくどこに消えたのかと思ってたら、串呂さんの世話になってたんだな。よかったよかった」

と、魞沢の肩をやたらめったら叩いた。

「蜂を追っかけてたら笛が聞こえてな。きてみたらこうだ。あんたたちもか？」

「はい」

と串呂。名人はうなずきながら、

「びっくりして、さっきはすっかり忘れてたよ」

といい、遺体に向けて掌を合わせた。三木本、魞沢、串呂、それに警察官も、はっと気づいた様子でそれに倣《なら》った。

「いやあ……罠を仕掛けなおそうと屈《かが》んだところでもやられたかな。それにしても、こいつはちょっと信じられん」

名人のいう「こいつ」とは、やはり腰からさげたタオルのことだ。

「三木本くん曰《いわ》く、ライフルの弾が貫通してるんだと」

駆けつけた際に聞いていたらしい。

「みつかるといいんだが、もしみつからなきゃ、梶川くんの言葉じゃないが、面倒なことになるかもしれん」

いわれて思いだす。梶川が昨夜の懇親会で、二十五年前の悲劇を「面倒な事件」と表現していたことを。

「……ああいう面倒な事件は、もう勘弁だな」

「そんないいかた、ないんじゃないですか？」

ワークショップの打ち上げを兼ねた懇親会には、会費さえ払えば誰でも参加できた。公民館の和室で宴会がはじまって一時間半。アルコールのせいで場がくだけはじめていた。荒れはじめていたといってもいい。料理の残った卓を離れ、何年も替えていないのだろう、ささくれ立った畳の上に、いくつも車座ができていた。

梶川が何気ない調子で口にした言葉に嚙みついたのは、若い三木本だった。最初の自己紹介では、銃所持の許可を取得して六年、実際に狩猟にでるようになって五年だと話していた。大学では環境学を学び、人間と野生動物の共生をテーマに卒論を書いたそうだ。隣県からきているという。

人と動物の緩衝《かんしょう》地帯である里山の消失により、従来の農業被害に加え、都市部に獣があらわれ人を襲う事例が増加している。だからといって、できあがった街を自然に返すことなどできはしない。そこで自分は野生動物管理としての狩猟に関心を抱いた。銃を握りながら共生のための道を模索している――そう熱っぽく語ったあとに、

「料理が下手《へた》なので、昨日食べたジビエには感動しました」

と付け加え、役場職員の笑顔を誘っていた。

そんな彼が、据わった目で梶川を睨んでいる。

「人ひとりが撃たれて亡くなったんです。それを『面倒』なんていいかたは、よくないと思いま

す」

「だったら『迷惑』にするかい」

「ちょっと梶川さん」

役場の課長が割って入ったが、梶川もすぐにはとまらない。会社経営者で県猟友会の理事でもある彼は、もう長いこと、他人に意見されたことなどないのだろう。とくに孫のような若さの者には。彼の顔が自慢のテンガロンハットのように真っ赤なのは、酒のせいだけではなさそうだった。

「猟友会《うち》は警察の捜査に全面的に協力した。それはもう、しつこかったよ。とくにライフルをもってる人間のとこには何度も刑事がやってきた。おまえみたいな十年未満の若造は自動的に捜査圏外にいたわけだから、ラッキーだったわな」

このとき串呂のうしろで誰かが（いま思えば鮎沢だったのだろう）「いまの、どういう意味ですか？」と訊ね、それに名人が「銃の所持経験が十年以上ないとライフルはもてん」とこたえた。十年未満では、基本的に小さな弾を多数発射する散弾銃か、火薬をつかわない空気銃しか所持できないのだ。

「なのに容疑者があがらなかったのは、結局警察の能力不足さ」

ワークショップに参加していた署長は、懇親会の冒頭、挨拶《あいさつ》に顔をだしただけで帰っている。発言に遠慮は必要なかった。

「そういう批判の声があがると、ハンターへのしめつけが一気に厳しくなった。キノコ採りにきた町民が暴力団に撃たれたわけがない。だったら犯人はハンターにちがいない。免許をもってる人間を調べればいいんだから、すぐに容疑者は浮かぶはずだ――誰だってそう考えるよな。なのに逮捕に至らないのは、警察が猟友会に対して遠慮をしているからだという噂《うわさ》が立った。癒着だなんだと、まあうるさいこと。そうなった途端、車に銃を置いてコンビニに寄っただけで現行犯逮捕ときた」

「それは仕方ない。車に銃を放置するのは違反です」

離れた場所から思わず口をはさんだ串呂だったが、梶川には無視された。同じ猟友会に所属していても、滅多《めった》に話す機会のもてない相手だった。

「それが事件になって新聞に載るんだから、まるっきりみせしめだよな。ハンターこそ悪だっていう警察の印象操作だ。いざ熊がでたら発砲もできないで、俺らのうしろで騒いでるだけの連中がよ。……まあそれは仕方ないとしても、狩猟の時期は気をつけろといってるのに、地味な服で白タオルなんか腰にぶらさげてさ、どうしてそんなカッコで山に……とは正直思ったよ」

「ちょっと待ってください。撃たれたほうが悪いっていうんですか」

三木本が興奮で声を震わせる。こちらもまた酔っているのだ。

「そんなことはいってない。ただ、それで仲間が逮捕されたとしたら、気の毒だなとは思ったかもしれんな」

「梶川さん、もうそこまでです」

課長が、あぐらをかいた梶川の膝と肩に手を置いて「今日はちょっと飲みすぎのようですよ」とたしなめた。山の魅力を伝えるイベントの打ち上げで、こんな発言があったと漏れでもしたら、それこそ面倒なことになる。しかし梶川だってすっかりヒートアップしているから収まりがつかない。

それが思わぬ展開につながった。

「いいや、これはべつに俺だけの考えじゃないよ。信濃《しなの》支部長だってそう感じたんじゃない？」

梶川の口から、当時の猟友会支部長の名が飛びだした。

「だから俺がみた車の情報だって警察にはあがらなかったわけだし」

「え？」

汗でずれたメガネをなおしていた課長の動きがとまった。

串呂も驚いていた。車の情報？　それはいったい……。

「ちょうど山に入ってたんだよ、その日」

「梶川さんが、ですか」

と課長。

「ああ。それで、現場の近くから走り去る黒のワンボックスをみた」

静まる一同。誰かが厭《いや》な音をたてて、口のなかの酒を飲み込んだ。

「まだ事件のこと知らなかったから、そのときは『べつに』だよ。あとになって、狭い林道でいやにスピードだしてたこととか、いろいろ気になりだした。それで信濃支部長のとこに相談にいったんだ」

「相談って、直接警察にいえば……」

三木本の疑問は当然のものだった。それに対して梶川は、

「当時人気の車だったんだ」

といった。最初は意味がわからなかった。

「猟友会にも同じ車に乗ってる人間が何人かいた。迂闊《うかつ》に喋って、その人らに迷惑がかかったら困るから、まずは上に相談した」

三木本は絶句していた。串呂も、返す言葉がみつからない。

「そしたら支部長に問い詰められたんだ。『ほんとうに色は黒だったのか?』『現場のほうから走ってきたといいきれるのか?』――絶対かと訊かれたら俺だってはっきりしないさ。林道と俺がいた場所は百メートル以上離れてたし、木立の隙間から、ちらっとみえただけだ」

そこで梶川は少し笑った。沸いた湯の蒸気がヤカンの蓋《ふた》を一瞬もちあげて噴き漏れた――そんな笑いだった。

「結局支部長は『間違った情報で、おまえが警察や仲間から睨まれると困るから、ひとまず俺があずかっておく。然《しか》るべきときに警察に提供する』といった。だが、警察が俺に車のことを訊きにきたことは一度もなかった。支部長の判断で、報告しないことにしたんだろうさ」

梶川は、いかにも不機嫌そうに、コップに半分ほど残っていた酒を呷《あお》った。壁時計の音が耳につくくらい、会場は静まった。課長が意を決したように一升瓶《いっしょうびん》を手にとり、

「いつもの冗談にしては真に迫ってましたね!」

と、満面の笑みで酒をついだ。梶川は、ぐっと唇をすぼめてから表情をやわらげ、

「まあな。みてみろ。全員、真に受けとるわ」

と、なみなみ酒の入ったコップを畳に残して立ちあがった。

「さて、どこで飲みなおすね。課長」

そうして会は、おひらきになった。


……駆けつけた二名の警察官のうち、ひとりが経緯を訊ね、もうひとりは、状況報告のためパトカーに戻っていった。両名とも、地元猟友会の顔役である梶川を知っていたし、名人とも知り

合いだった。

時刻は八時二十分を過ぎたところだった。日の出から間もなく二時間になる。

「三木本さんと鮲沢さんは県外のかたのようですが、梶川さんとは以前から懇意に？」

三木本の狩猟者登録証と銃砲所持許可証、鮲沢の健康保険証を確認しながら、警察官が質問する。名人が、昨日の狩猟ワークショップの参加者だと説明した。

「こっちは俺の弟子。残念ながら才能は皆無だ」

「名人からみたら誰だってそうでしょう」

名人は警察官からも名人と呼ばれていた。

「発砲音を聞いたかたはいますか？　できればその時刻と合わせて」

この質問には三木本が、

「何発か耳にしました。ただ、どれがこのあたりで聞こえたものかは、はっきりしません……でも」

「でも、なんでしょう？」

「林道を猛スピードで走っていく車をみました。ぼくが向こうの林のほうから、そのあたりまでくだってきたときに……」

と、三木本は林道とは反対側の、少し離れた斜面を指さす。

「梶川さんを発見するちょっと前のことです。もちろんそのときは、乱暴な運転だなと思っただけでしたけど……。いま思えば、あれは少しでもはやく山から逃げようとしていた、そんな運転だったのかもしれません」

「どんな車だったか憶えていますか？」

「たしか黒のワンボックスでした。車種まではちょっと」

串呂は思わず三木本の横顔を凝視した。名人も驚いた顔をしている。

「貫通した銃弾、白いタオル、黒のワンボックス……」

鮎沢がそういったのが聞こえた。それは、すぐそばにいる串呂の耳にしか届かないほどの呟《つぶや》きだった。


懇親会は梶川が消えて散会となったが、酒と料理がまだ残っていて、部屋の利用時間も四十分ほど余っていたので、数人が片づけ役を引き受けて居残り、なんとなく二次会の雰囲気《ふんいき》になった。そのなかに三木本と鮎沢、そして名人がいた。

人が減ると部屋はいやに暗く感じられた。天井の蛍光灯をみあげれば、半分近くが消えている。節電のために最初からそうだったのか、誰かがわざと消して帰ったのか、串呂にはわからなかった。おかげで畳の汚れや色褪《いろあ》せは目立たなくなったが、ささくれは棘《とげ》のような鋭さを帯びて指を刺した。

鍋の底からすくいあげた冷たいキノコは、色も味もすっかり濃くなっていて歯ごたえもなく、もう食べられたものではなかった。地元の山で採ったものではなく、スーパーで買った県外品だった。

「こいつは俺の新弟子だ。へぼ獲りの時期じゃねえが、つれて明日は山に入る」

そう名人から紹介された鮎沢は、コップにつがれた辛口の本醸造酒《ほんじょうぞう》にすっかり目を回していて、

「どうも。ヘリサワれす」と、壁にかかったカレンダーの女性に向けておじぎをしていた。

名人も、串呂同様ワークショップの講師のひとりとして招かれていた。名人は酔った鮎沢に、

蜂の子をどんどん食べさせていた。

「ショックです。ぼくには信じられません」

と、三木本。

「ああ。あんなに蜂の子が食べられるもんかね……」

「ちがいます。梶川さんの話したことですよ」

「わかってる。冗談だよ」

ぬるいビールに口をつけながら、そう返事をする。無理やり平静を装ってはいるが、串呂にとってても受け入れがたい事実だった。目撃車両の情報を提供しなかった。それはある意味、隠蔽《いんぺい》ではないのか。

「組織って、どこもそういうものなんですかね。仲間だったら、人殺しにだって目をつむる。それが正しいことですか? 串呂さんが口にした、銃を手にする者の矜持なんて、いったいどこにあるんでしょう」

三木本は猟友会に所属していないのだという。だからこういったワークショップは学びのある貴重な機会だといった。

「俺が青臭いだけかもしれんな」

「そんなことないです。串呂さんは、どうしてハンターに?」

「くだらん理由だったら、今度は俺に噛みつくか」

「まさか。さっき以上の幻滅は、なかなかありませんよ」

「たいした理由じゃない。母親が死んだからだ」

「え?」

拍子抜けというより、意味不明といった表情を三木本がみせた。

「猟に興味はあった。だが母親から『銃をもつなんてやめてくれ』といわれてな。生きているうちは手をださなかった」

十五年前に母が急死し、串呂は銃をもった。

「そもそも興味を抱いたのは、どうしてですか」

「俺も銃を手にしたら、命を奪って平気でいられる人間の感覚が、理解できるんだろうかと思ってな」

「……なんか、深い……のかな？　で、わかりましたか」

「平気になれるやつなんていない……ってことがな」

「ですよね。ましてや人を撃って平気でいられるなんて……串呂さんは、ずっとこの町内ですか？」

「いや」

首を横に振る。生まれは寒那町だが、少年時代にふたつ隣の市へ引っ越した。同じ猟友会支部の管轄下にあったため、猟をはじめたことで故郷と再度のつながりをもった。

「じゃあ当時のことはあまり知らないですか」

「山の事故は子どもの世界から遠い。とくにああいう〈大人の事情〉が絡んだ話になるとな」

ふたりして苦笑いがでる。そのとき、プラスチックの容器をもった手がふたりのあいだに伸びてきた。

「へぼの甘露煮《かんろに》だ。食ってみ」

「ありがとうございます！」

三木本は「いただきます！」と口に入れ、唇を閉じずに前歯だけで嚙み、「おいひいれすね！」と笑った。なかなか大人の振る舞いだと感心する。

「梶川が車を目撃してたなんてことは、俺もさっきはじめて聞いたんだ」

唐突に名人がいった。

「信じてもらえんかもしれんが」

ぼそり、付け加える。

「俺が猟をやめたのは、あの事故に……いや事件だな。あれに心を痛めたからだ。町内の人間が犠牲になって、はじめて銃の怖さに気づいた。銃をもつっていうのが、いったいどういうことか。俺はあんたとちがってバカだから、それまで考えたこともなかったんだ」

そういって串呂の目をみた。

「じゃあスズメバチなら殺していいのかと訊かれたら返答に困るがな。はっは」

名人は指でへぼをつまんで、口に放り入れた。

「……被害者が撃たれたのは林道のすぐそばだったんだ。犯人は、道をはさんだ反対側の林から、ろくにスコープも覗かず撃ったんだろうさ。それこそ『ガサドン』だ。そもそも公道のあるほうに向けて発砲すること自体、禁じられてる。梶川のいう、被害者がどんな恰好だったかなんてことは関係ない。犯人は違反行為をした挙句《あげく》、人ひとり殺《あや》めちまったんだ」

名人は立ちあがり、ふらふら壁際まで歩いていって、抵抗する飢沢から一升瓶を奪いとった。酒がこぼれ、畳に新たな染みをつくった。名人は、白い歯をみせて笑うカレンダーの女性に視線を向けたまま、いった。

「梶川の話を聞いて思いだしたことがある。当時の信濃支部長の息子が乗ってた車が、たしか黒のワンボックスだった」

現場に所轄署の刑事が到着し、聴取と検視がはじまった。四人は警察官に話した内容をあらためて繰り返した。

三木本のワンボックスの情報は、当然ながら刑事の興味を引いたようだった。三木本は証言のため署に同行することを了承した。ほかの三人は、あらためて署に呼ばれる機会があるかもしれないことを告げられ、帰宅が認められた。この時点で、令状もなしに銃が捜査のため押収されるようなことはなかった。

鮲沢については「強制ではないが」と前置きしたうえで、明日までは町内にとどまるよう要請があった。名人が「うちに泊まれ」と肩を叩くと、鮲沢は「へぼ料理三昧《ざんまい》ですね」と複雑な表情をみせた。

林道の複数の入口には、すでに検問態勢が敷かれているらしかった。刑事のひとりが、

「みなさんが聴取済みであることは向こうに伝えておきますから、免許証をみせるだけで通過できますよ」

と安心させてくれた。

三木本ひとりを残し現場を離れる。車に向かう前に、川の鹿をとりにいかなくてはならない。

林道へ向かう名人とは、すぐに道が分かれることになった。別れ際に名人は、

「よけいなことを喋っちまったのかもしれん」

と、自嘲にみえる笑みを浮かべて、悔やむようにこぼした。

鮲沢とふたり、緩やかな斜面をのぼって現場をみおろす道に戻り、そこから川のほうへとまた

おりてゆく。くだる直前振り返った先に名人の姿がまだみえた。その背中に、昨夜の話を思いだす。

名人は壁のカレンダーをみつめながら、なおもこういったのだ。

当時の支部長は地元有数の建設会社の重役で、県とのつながりがつよかった。事件の翌年以降、梶川の経営する中小規模の土木会社が、公共事業の入札に指名業者として参加する機会が増えた記憶がある——と。

はたしてそこに、暗い密約はあったのだろうか。

「信濃支部長の息子は、たしか事件の三年後に車の事故で死んだ。カーブを曲がりきれず、電柱に突っ込んだのさ。支部長自身も、それでガックリきたのか、間もなく亡くなってな」

「うちと同じですね」

寂しい名人の声音に誘われ、思わず串呂は相槌《あいづち》を打っていた。

「支部長は、学校はちがったけど、俺と同級だったんだ」

最後に名人はそう付け加えて、すっかり湿っぽくなった会は、今度こそおひらきになったのだった。

そんな追憶を、鮲沢の不意の質問が遮った。

「三木本さんは、ほんとうのことを話していたと思いますか」

あっけらかんとした声と訊きかただったが、冗談半分の問いには感じられなかった。

「あんたも気になったか」

串呂がそう応じると、鮲沢は「ええ」とうなずき、

「あの現場からは林道が見通せませんでした。三木本さんが車を目撃したのは、あそこからさら

に離れた位置だったといいます。斜面の途中だったそうですから、目線の高い場所ではあったでしょう。しかし、たとえばここからだって、林道は視界に入らないじゃないですか」

「つまり三木本は、ありもしない車を目撃したと証言した」

「嘘の手がかりを、警察に提供したのではないでしょうか」

とぼけたことばかり喋っていた男が、ここにきていやに真剣だ。

「さらにいうならタオルの件も、梶川さんが自分で腰にぶらさげたとは思えません」

「ああ。俺にもちょっと信じられないな。あんなことをいっていた梶川さんが……」

しかし三木本だけは、そのことをすんなり受け入れているようにみえた。

「つまり……あれも三木本の捏造《ねつぞう》だと考えれば、筋はとおるってわけだ」

「あとから遺体の腰にぶらさげたということですね。そうすることで『鹿と間違えられて撃たれた可能性が高い』という状況をつくることができます」

「おそらくあのタオルは、梶川さんが首に巻いていたものだ。ほら、昨日みたいに、上着の襟の下に隠して目立たないようにして」

それに三木本が気づき、利用した……。

鯱沢が立ちどまり、こちらをみる。

「三木本さんが梶川さんを撃ったんでしょうか」

問われて串呂も足をとめ、鯱沢を睨みつけた。

「そういうことは、深く考えてから口にしたほうがいいぞ。三木本が梶川さんを撃ったはずがないだろう」

「なぜですか」

「彼は銃を所持して十年未満なんだ。凶器となったライフルをもつことは、まだできない。撃てるのは散弾銃と空気銃だけ。犯人ではあり得んよ」

「共犯だった可能性は残ります」

「バカな考えは捨てろ。いいか？　三木本がしたことはたんなる意趣返しだ。三木本は梶川に怒りをおぼえていたんだろう。不誠実な人間だと蔑《さげす》んでいたんだろう。そんな彼が、たまたま梶川の遺体を最初に発見した。そこで、あいつの子どもじみた正義感がむくむくと頭をもたげたんだ。二十五年前の事件の当事者でもないくせに、梶川への仕返しを思いついたというわけさ。ひとつは嘘の目撃情報で捜査を攪乱《かくらん》し、事件を解決から遠ざけること。もうひとつは梶川を、白いタオルをぶらさげて山に入った迂闊なハンターに仕立てること。そうやって死者を貶《おとし》め、辱《はずかし》めでも与えたつもりになったんだろう。そんなことをしたって少しも気が晴れはしないのに、まったく愚かなやりかただ。あいつは遺体をただ弄《もてあそ》んだだけだ。遺族の気持ちを想像もできずに。今頃パトカーのなかで後悔してることだろうさ」

　三木本の思考が、そこまで悪意に満ちたものだったと確信しているわけではない。だが、喋るうちに串呂の感情は昂り、気づけば捲《まく》し立てていた。

「銃撃事件そのものとは、彼はまったく無関係だと？」

「当然だ。あいつには少なくともハンターの矜持がある。俺はそう感じた」

「なにがあったとしても、決して銃口を人に向けてはならない——」

　魞沢が口にしたのは、ワークショップの講演で、串呂が話したことだった。

「ああ。そのとおりだ」

「それを聞いて安心しました。串呂さんなら、きっと否定してくれるはずだと」

「要らん心配をするな」

だが鲄沢の顔は、まだ晴れてはいない。

「しかし……警察はどう考えているでしょう。ぼくらがすぐ気づいたように、三木本さんが逃げる車を目撃したという証言を疑ったとしても不思議じゃない。もしかして三木本さんひとりが警察署への同行を求められたのは……」

「まさか……容疑をかけられたからだというのか？」

その考えは頭になかった。串呂は動揺した。それを見越したように、鲄沢が言葉をつなぐ。

「ただ、もしもいますぐ犯人が名乗りでてくれたなら、三木本さんの証言はただの勘違いとして不問に付され、取り調べからも早々に解放されるかもしれません」

「ほんとうに三木本は警察に疑われていると――」

思うのか？　そう訊き返そうとして、あることに気づく。

そういえば、どうして鲄沢は自分についてきているのか。

山にきたとき同様、名人と一緒に帰ればよいではないか。

「あんた、もしかして……」

「はい」

串呂が訊かないうちから、鲄沢はうなずいた。

「梶川さんを撃ったのは、串呂さんではないのか。そう思っています」

不思議だった。なぜだか鲄沢のほうが、追い詰められたような顔をしていたから。

つよい風が谷から吹きあげて、鲄沢のオレンジ色のキャップを弾《はじ》くように飛ばした。それを目で追うこともなく、鮎沢はじっと串呂をみつめている。

「なぜそんなふうに思う」

「梶川さんの遺体をみたときに、もしかしたらと思いました」

「おいおい」

さすがに笑ってしまう。その時点で、いったいなにがわかるというのだ。

「なんとなく妙だと感じていたことに、説明がつくように思えたので」

「妙？　どこが」

「仕留めた獲物の放血作業をすみやかにおこなう——それが串呂さんの流儀だと聞いていました。なのに、あの鹿の血抜きは、ぼくと出会った時点でまだ済んでいなかった」

鹿を引いて斜面をくだってくる途中の串呂を、鮎沢は目にしていた。

「なぜか？　あの鹿が、梶川さんが倒れていた場所で仕留められたからだと考えれば、理屈がとおります。鹿を仕留めた場所からすぐに立ち去りたかったから。鹿を仕留めた痕跡を現場に残したくなかったから。あるいは、梶川さんの心臓を貫いた銃弾が撃ち込まれた鹿の肉を食べる気には、そもそもなれなかったから」

串呂は返事をしなかった。かわりに黙ったまま歩きだした。ポケットに手を隠した。指をみられたくなかった。鮎沢は話しつづけた。声は遠ざからなかった。

「あの鹿はバックストップだったんですね？」

川に横たえた鹿を、じっとみつめていた鮎沢の姿を思いだす。銃をもたない彼がそこまで見抜いていたことに、講習会をおこなった甲斐があったと、串呂は妙な満足感をおぼえた。

「施条痕は銃を特定できる重要な証拠になる。確実に回収するため、あなたは梶川さんの身体を貫通させてライフル弾を鹿に撃ち込み、鹿ごともち帰ることにした」

ポケットのなかの罪深い指が、拾った空の薬莢に触れた。

「串呂さんは、この町で生まれたといっていましたね」

「ああ」

振り返らずに口を開く。

「お母さんが亡くなって、銃をもったのが十五年前だと」

「寝てたと思ったら、ちゃんと聞いてたのか」

「寝たふりをしていたわけではありません。起きているふりができないくらい酔っていたんです」

「むずかしすぎてわからん」

「十五年前というと、昨日の話にあった二十五年前の致死事件が時効になった年です。そして梶川さんによれば、その頃に、被害者の遺族が亡くなったと」

「……なんてやつだ」

ふたたび立ちどまり、魞沢を振り返る。

「あんたの白いこよりは……とっくに俺の首に巻きついてたってわけか」

魞沢の右手が、困ったように頭に触れた。そのときはじめて、キャップがどこかへいってしまったことに気づいたようだった。串呂は、魞沢と自分を同時に笑った。

「どうりで俺についてくるはずだ」

そうだ。またも魞沢は、名人ではなく獲物のほうを追ってきたというわけだ。

「そんなことにも気づかずに……やっぱりクロスズメバチより俺のほうがよっぽど……」

「『へぼ』ですか?」

いったあとで、今日三度目の「しまった」という顔をする。

「いいんだ。そのとおりだよ」

昨夜、名人が教えてくれた支部長の最期。それを聞いたとき、息子の事故死のショックで命をちぢめた支部長と、事件が時効を迎えた直後に仕事先で倒れた自分の母親が重なり、串呂は思わず「うちと同じですね」と口にしてしまった。その呟きの意味さえ、この鳰沢という男は感じとっているのだろうという妙な確信が、串呂の心のうちに湧き起こっていた。

キノコ採りにでかけた父が撃たれたのは、串呂が中学生のときだった。当初、逃げた犯人はすぐに捕まるものと思われたが、期待に反して容疑者はあがらなかった。

事件の直後、母は町内の街頭に立ってビラを配り、メガホンを握り、情報を募《つの》りつづけた。それを快く思わない住民とのあいだに溝と軋轢《あつれき》が生まれ、居場所を失くし、自分もまた学校でいじめの対象となった。被害者家族がなぜこんな思いをしなければならないのか――理不尽への怒りを抱えたまま逃げるように離れた街へ引っ越し、中傷が繰り返されることを避けるため、母の旧姓である〈串呂〉を名乗った。

母の葬儀が済むと、所持許可を得て銃をもち、狩猟免許も取得して猟友会へ加入した。犯人さがしをあきらめたわけではなかった。組織の内部に入れば、外の人間には知り得なかった情報が手に入るかもしれないと考えたのだ。

姓も顔立ちも身体つきも変わった串呂を、あの事件の被害者家族と見破って声をかけてくる者はいなかった。同世代の若いハンターが少なかったことも幸いした。後継者不足はハンターの世界でも深刻で、串呂が師匠に選んだ猟友会の先輩は指導に熱心だった。

「いまさら弁解するわけじゃないが、梶川を殺そうなんて考えは、あの瞬間までちっとも浮かんではいなかったんだ」

ふたりは、またゆっくりと歩きだした。狭い道をほとんど横並びになって。

右手に深い谷をのぞみながら、動物とハンターが繰り返しならした獣道を。

あの瞬間――移動中に偶然目にした梶川は、ちょうど鹿を罠からはずそうとしていた。鹿は弱って、ほとんど動けなくなっていた。安全に作業をおこなうため、すでに頭部を殴打していたのかもしれない。梶川の身体の向こうに鹿の胴体があった。そのとき串呂は気づいてしまった。たった一発の弾で人間と獣のふたつの命を奪い、しかもその銃弾を発見されない手立てがあることに。

自分の銃の威力は熟知していた。スコープを覗く。

梶川の胸と、鹿の厚い腹部が重なるタイミングで、引き金の指に力をこめた。

そのとき梶川の腰には、間違いなく、タオルなどぶらさがってはいなかった。

串呂は、ポケットのなかで弄んでいた空の薬莢をとりだし、鮎沢にみせた。

「たしか、現場をみおろす斜面の上で拾ったものでしたね」

「撃った直後は見失っていた」

「そうですか。あの場所から狙撃を」

「ああ」

「そんなことをしたって少しも気が晴れはしないのに――」

鮎沢が、串呂の目をみてそういった。

「ついさっき、あなたがいった科白《せりふ》です」

串呂は笑う以外なかった。笑いながら、空の薬莢を握りしめた。

「……猟友会に入って三、四年が経った頃だったかな。事件当時の支部長の息子が、事件の犯人だという噂を耳にしたんだ」

串呂の告白に、鮎沢は、ちょっと驚いた顔をした。

「昨夜はじめて知ったわけではなかったんですね」

「ああ。彼の死は、まるで自殺のような事故だったそうだ。彼が犯人だとしたら、すでに報いを受けたのだと思った。自ら裁きをくだしたのだと思った。動物であれ人間であれ、命を奪って平気でいられる人間なんていない」

昨夜の三木本との、冗談半分のやりとりを思いだす。

串呂の知るかぎり、事件のあと、支部長の息子が猟にでる姿をみた者はいなかった。それでも彼が死ぬまで猟友会を退会しなかったのは、本人の意思というよりも、息子に疑惑の目が向くことを怖れた、父親の計らいだったのかもしれない。

「俺が糾弾《きゅうだん》すべき人間は、もうこの世にいない。俺のなかで事件は終わりを迎えた。そこから狩猟そのものにのめり込んだ。多くの尊敬できる先輩に出会い、彼らの死生観に触れて、俺はいつも厳《おごそ》かな気持ちで銃を手にすることができた。親父のことは明かさなかった。ただ、ひとりの鉄砲撃ちとして、先輩がしてくれたように後継のハンターを育てる。ルールを守り、獲物を仕留めるよりも優先させるべき大切なことがあると知るハンターを。それが親父の死を無駄にしないため、俺にできる唯一のことだと信じた」

銃をもつ者の矜持。それを今日、俺は破った——。

「だが、梶川の会社が事件後に潤《うるお》ったという話は、昨夜はじめて知った。梶川は親父を殺した犯人ではない。梶川が目撃したことを伏せた車だって犯人と無関係かもしれない。だが、たとえそうだとしても、親父の死が取引の材料にされたと思ったら、悔しくてならなかった。忘れていた感情が――よみがえった」

梶川が、もし車の情報を警察に告げていたら、支部長の息子もまた、死ぬことにならなかったかもしれない。生きて罪を償《つぐな》う機会を得たかもしれない……。

「いずれ梶川に俺の素姓を明かして、ふたりで話をしなければならない――昨夜はそう考えただけだった。今朝になってもそうだ。あのとき、あの場所で、倒れた鹿の前に屈み込む梶川を目にする瞬間までは」

それがなんの弁明にもならないことはわかっていた。引き金を引く指には、わずかのためらいも宿りはしなかった。

あるいは恨みという感情すら、あの瞬間にはなかったのかもしれない。生と死、そのあまりにも薄い境界に、串呂はただ意識を集めただけだった。

やや高い位置から斜めに撃った弾は、前屈みで作業をしていた梶川の背中をまっすぐ撃ち抜いた。鹿の腹部の銃創のまわりに散った血は、鹿のものではなく、梶川の血だった。

銃弾が蓋となり、鹿の出血は少なかった。これなら現場から離れる血痕を点々と残す心配もないと、串呂はいつもと変わらず地面を引きずって現場を離れた。鹿の体毛や引きずった跡が多少残ったとして、ここはそもそも狩場なのだ。大きな問題にはならないと考えた。その後現場に戻ってきたことで、自分が犯行時に残したかもしれない痕跡を案ずる必要もなくなった。

鮴沢に指摘されたとおり、串呂はあの鹿を食する気はなかった。だから肉の鮮度を気にする必要もなかった。鮴沢に鹿をみられてしまったから、しかたなく首に刃を立て、みせかけの放血をしたにすぎない。

「名人には申し訳ないことをした」

串呂は思いだす。現場をあとにするとき耳にした、「よけいなことを喋っちまったのかもしれん」という名人のひとことを。

名人もまた、三木本が嘘をついていると考えたにちがいない。その原因が、昨夜の自分の発言にあると思ったにちがいない。だからあんな言葉が、口からこぼれ落ちた。

「それだけならまだしも、俺の動機にまで自分のいったことが関わっていると知ったら……」

あまりにも気の毒に感じ、思わず首を横に振ってしまう。なのに鮴沢は、

「ここは名人の物忘れの酷《ひど》さに期待しましょう」

などと呑気にいうものだから気が抜ける。いったいどういう神経をしているのか。

「あんたは俺が怖くないのか？　ついさっき人を殺した男がすぐそばにいるんだぞ。俺を犯人だと知るのは、いまのところあんただけだ。あんたの口を封じさえすれば——」

「いまは銃をもつ人間の矜持を信じてみます」

「俺はそれを、どぶに捨てた人間だ」

「拾って洗えばいいじゃないですか」

まっすぐな目と声が串呂を射抜く。熊にひたすら怯《おび》えていた男には思えない。そしてその言葉は、大いなる問いかけでもあった。

はたして自分には、まだ人に信じてもらうだけの価値が残っているのか——。

「あんたは、不思議な人だな」

「変という意味であれば、よくいわれます」

「鹿の血抜きが遅かった……たったそれだけのことで人を殺人犯と決めつけ、しかも本人に直接ぶつけてくるなんて、あまりに大胆すぎやしないか。正直いってどうかしている。利口なやりかたとは到底思えないな。たとえそれが、三木本を窮地から救うための手段だとしても――」

「ぼくの推測が間違っているなら、べつにそれでかまわなかったんです。いくら軽蔑《けいべつ》されようと、ぼくはすぐにここを去る人間ですから、どうってことありません」

鮎沢は平気な顔でうそぶいてみせた。

「……ただ……」

「ただ?」

「梶川さんの遺体をみる前に、あなたがハンターの矜持を失ってしまった姿を目にして、あなたになにが起きたのかと、疑問をもってはいました」

「おい……勘弁してくれよ。事件が起きたことを知る前から俺を疑っていただと? そんなおかしな話があるわけ――」

「だってあなたは、銃口を人に向けていたから」

一瞬絶句し、問い返す。

「まさか……向こうの峰からみえていたのか? 俺が梶川を狙っていた瞬間が……」

「いいえ。そうではありません」

鮎沢は首を横に振った。

「あなたが銃口を向けていたのは、あなた自身でした」

あ――。

「蜂を追いかけて川のほうへくだってきたぼくが目にしたのは、銃を地面に立てて、銃口をみつめているあなただったんです。だからぼくは、『たったそれだけのこと』と笑われるような、いい加減な臆測だったとしても、なにもいわないまま、あなたと別れるわけにいきませんでした」

鮎沢が救おうとした相手、それは三木本ではなく――。

「なにも訊かずして、いまのあなたを独りにするわけにはいかなかった」


初冬の山はどこかよそよそしい匂いがする。

くだってゆく視界の先に小川があらわれた。

凶行の道具につかわれた哀れな鹿の亡骸も。


「自慢といえば視力くらいでして」

鮎沢が、なぜだか恥じたように笑う。

「……でも、ぼくの見間違いだったなら、べつにそれでかまわないんです」

乾いた樹々の葉が一斉に揺れて、カラカラと玩具《おもちゃ》の風車のような音を立てた。

ふと、小川に横たわる鹿の真っ白な尻が、そこだけ浮きあがるようにみえた。

自分の首に巻きついた白いこよりの幻と、父親の腰にぶらさがっていた白いタオルの記憶が、かすかに揺れながら重なる。

タオルは、事件が時効を迎えてすぐに警察から返却された証拠品のなかに入っていた。褐色の汚れは父親の血だった。それを顔に押しあてて、痩《や》せ細った母親は泣いた。間もなく職場で倒れたとき、母はそのタオルを首に巻いていた。

母もまた撃たれたのだ。父を殺した銃で。

父の命を奪った銃弾は、十年のあいだ母の命をも削りつづけた。その悲痛を、俺は誰より知っているはずだった。知っていなければならなかった——。

「警察のところへ戻る」

串呂は三度《みたび》立ちどまり、そう鮲沢に告げた。

「ぼくもいきます」

「ひとりでいける。心配するな。もう自分に銃を向けたりはしない」

「そうではなく、ここに置いていかれたら、ぼくはどうやって街に帰ればいいんですか」

串呂は腹の底から笑った。驚いた雉が悲鳴のような声をあげて飛びたった。目尻を拭った手で自分の青いキャップをとり、それを鮲沢の頭にのせた。

「もらってくれないか。買ったばかりの新品なんだ」

「あずかっておきます」

彼の頭に串呂のキャップはずいぶん大きいようだった。けれど鮲沢は「ぴったりです」と適当なことをいって、つばをぐいともちあげた。

# 赤の追憶

雨脚がつよくなった。予報は晴れだった。飛びだしていったばかりの娘に、やっぱり傘をもたせればよかった。

そう思ったとき、男性がふらりと店に入ってきた。風は弱く、雨はまっすぐ降っていたから、店のドアは開けたままだった。

「いらっしゃいませ」

雨宿りがてらの冷やかしだと感じて、それ以上はとくに声をかけなかった。青いキャップと服の肩が、濡れて色濃くみえた。

丸めて抱えたアウターや背負っているバッグは、総じてアウトドア系のものだ。その雰囲気《ふんいき》が、街の花屋になんとなくそぐわない。コンクリートの床に濡れた足跡をつけながら、男性は店内をうろうろしはじめた。ちらりと眺めた壁時計の針は、午後四時半を回ったところだった。

人口十万を抱える長野県南部の都市。隣接する静岡県に加え、愛知県との経済的結びつきもつよく、市内には多くの企業が事業所をかまえている。ショッピングモールや総合病院の立ちならぶ国道沿いに、翠里《みどり》が店主をつとめる花屋〈フルール・ドゥ・ヴェール〉はあった。

彼が欲するようなものは、たぶんここにはないだろう――翠里はそう判断して男性客から目を逸《そ》らし、また娘のことを考えた。

彼女とは、ここしばらく喧嘩《けんか》ばかりだった。仲が悪い。そういってしまってもいいくらいに。なのに気になってしまう。娘とはいえ、間もなく三十歳になろうとしている立派な大人だ。その彼女が、たかだか傘をもっていなかったことくらいで……。

不愉快さだけが残った先刻のやりとりを思いだしそうになり、翠里は首を横に振った。ちょうどそのとき、新たな客が丁寧《ていねい》に傘をたたんでから店内に入ってきた。今度は女性だった。

「いらっしゃいませ」

大きめの黒いバッグを肩からさげ、ベージュのコートに紺色の傘。鮮《あざ》やかな花に囲まれて、コートと同じ色のパンプスに撥《は》ねた泥が悲しい。四十代半ばだろうか、自分より五、六歳は若そうだと感じた。

店内をさっと見回した女性客の目が、こちらを向いてとまった。もしかして何度かきたことのある人だろうか？　そう感じ、問いかけのつもりで、かすかに首を傾《かし》げた。

だが女性は、それにこたえることなく、翠里が立つ店奥のレジカウンターへと、まっすぐ向かってきた。そのときようやく、女性の視線が自分にではなく、自分の背後にある飾り棚に向けられていたことに気づいた。

「それって……ポインセチアですよね？」

女性が、信じられないといった表情で訊ねてきた。翠里も相手の視線を追って振り返った。棚にはラッピングのほどこされた、季節はずれの真っ赤なポインセチアの鉢がある。

「桜の時期にポインセチアだなんて……嘘みたい」

「ええ。じつは……」

翠里が事情を説明するより先に、女性は見開いていた目をゆっくりと細め、

「それ、いただけますか」

と微笑《ほほえ》んだ。

「申し訳ありません。お売りできないんです」

翠里はそういって頭をさげた。

「え？」

「じつは、もう予約が入っていて」

「ああ……そうなんですね」

わかりやすく肩を落とした女性が、ひと回り小さくなったように感じ、翠里は申し訳ない気持ちになる。

「春でもこんなに色づくんですね」

「ええ。きれいに咲いて……海外からの取り寄せ品なんです」

去年のうちに問屋に注文して、とくべつに仕入れた鉢植えだった。ポインセチアの赤は、花弁ではなく葉の色だ。そうとわかっていても、「咲いた」と表現したくなる鮮やかさだった。女性は名残《なご》り惜しそうに、けれど納得した様子でうなずいた。

「それじゃあ、春らしい明るい花束をつくっていただけますか。可愛らしい感じで」

「お見舞いのお花ですか？」

歩いて十分足らずのところに大きな病院があり、そこへ花を買っていく客が多い。

「いえ、そうじゃないんですけど」

「失礼しました」

お見舞いに適切な花もあれば、逆にタブーとされるものもある。タブーとまではいかなくても、色や香りのつよすぎるものは病人にも病室にも相応《ふさわ》しくあるまい。それを気にしなくてよいのなら、選択肢はいくらでもひろがる。

翠里は女性のリクエストにこたえて、色鮮やかなオレンジとピンクのラナンキュラスを指にとった。バラに似た幾重もの花弁が春の高揚感を伝える。腰のベルトにさげた鹿革のケースからハサミを抜き、シンクのバケツのなかでそれぞれの長さをととのえつつ、水揚《みずあ》げをした。

もうひとつの主役は、いまにも開こうと蕾《つぼみ》を柔らかくしたレモン色のチューリップ。花弁の先が縁どられるように赤いのが特徴の、愛らしい品種だった。

それらシトラスカラーの花々を包み込んでまとめる役には、清涼なスノーボールの緑を選んだ。最後にアクセントとして、淡い桜色が可憐《かれん》なシレネを散らすように添える。

「シンプルですけど、いかがでしょう」

ラッピングはバターのような黄色にした。

「とってもいいです。ありがとうございます」

女性の顔がほころんだのをみて、翠里はほっとする。

「濡れないように、カバーをしていただけますか」

「ええ。もちろんです」

彼女は抱えた花束に満足そうな様子で店をでていった。最後にもう一度だけポインセチアを振り返って。

店内に仄《ほの》かな化粧の匂いが残った。それが花の香りに紛れてわからなくなるまで、翠里は飾り棚の鉢植えを眺めていた。壁時計の針が、午後四時四十五分をさした。

「あのう」

不意に男性客に声をかけられ、彼の存在をすっかり忘れていた翠里は、驚いて返事をした。

「は、はいっ。なんでしょう」

正直なところ「まだいたんだ」と思った。ところが男性には、ちゃんとお目当ての品があった。

「あの……クワガタはどこにいますか？」

「はい？」

「おもての黒板に『ミヤマクワガタ入荷しました』と書いてあったものですから、それで……」

「ああ。それならこちらに」

なるほど山歩きが好きな人間であれば、ミヤマクワガタに興味があってもおかしくない。翠里は客を隅のコーナーに案内した。

「ふだんはこのとおり切り花ばかりなんですけど、時期によってはこういう商品を仕入れることもあって――」

説明しながら、はたと気づいた。

男性が、なんともいえぬ渋い表情を浮かべていることに。

翠里はいったん唇を閉じた。ちょっと待てよ、もしかしたらこの客は……。

「あの、こちらがミヤマクワガタなんですけど……」

ビニール製の黒い鉢《ポット》を手で示す。それをじっとみつめた男性は、数秒ほど固まってから、おもむろに口を開き、

「ええと……幼虫か蛹《さなぎ》がいるんでしょうか。その、ポットの土のなかに……？」

と、確認してきた。その戸惑いの声色に、申し訳ないと思いつつ翠里は吹きだしてしまった。

案の定、彼は勘違いをしていたのだ。

「やだ、ごめんなさい。笑ったりして。この植物の名前が、ミヤマクワガタっていうんです」

「え？　……ああ！　そうか」

男性は、かぶっていたキャップのつばをあげて、ひたいを掌《てのひら》でぺちと叩いた。

「四月に、しかも花屋さんで、なぜクワガタムシを扱っているのかと不思議に思ったのですが……なるほど。これが花のほうのミヤマクワガタですか」

彼はやけに感心した様子で腕を組み、幾度も深くうなずいた。


ミヤマクワガタは深山鍬形と書く。

深山の字から推測できるとおり、高山植物の仲間だ。自生の場合は初夏、六月あたりから紫色の小さな花を房状に数多く咲かせる。栽培下だと開花はもう少しはやく、ちょうどいまの時期からだ。

ここでいう鍬形というのは農作業の道具ではなく、日本兜《かぶと》にみられる左右一対の角状《つの》の装飾を意味している。一般に、花の萼《がく》の形状がその鍬形に似ているのが名前の由来とされているが、二本の雄蕊《おしべ》を鍬形に喩《たと》えたのだという説も聞いたことがあった。

地味な山野草ではあるが、高山植物にしては丈夫で、栽培は比較的むずかしくない。数年前にガーデニング愛好家から問い合わせがあって以来、この季節になると、ポット植えの苗を数株入荷することにしていた。案外売れるものなのだ。

「ちなみに昆虫のほうの深山鍬形も、涼しい高地を好むとされています」

男性はキャップをとって、恥ずかしげに髪をいじりながら、わざわざそんな解説を入れてきた。

「虫に目がないもので、まんまと引っかかってしまいました」

こちらはもとより、引っかけるつもりなどないのだが。

「申し訳ありません。ご期待に添えなくて」

娘、女性客、そしてこの男性。今日は誰の希望も叶えられない日のようだ。

「なにしろ店名が〈虫の花〉だったもので、てっきり」

「虫の花?」

なんのことだろう。

「ええ。フランス語で……ちがいますか?」

少し考え、

「うちの店名の〈ヴェール〉は〈虫〉じゃなくて〈緑〉のほうです。カタカナで書くと同じになっちゃうんですけど」

と訂正する。目がなさすぎて、なんでも虫と結びつけてしまうタイプのようだ。

「いやあ、そうでしたか。こちらこそお邪魔しました。ではせっかくですので、ひとついただきます」

「この苗を?」

「はい」

男性がにこりとする。とぼけた顔立ちをしているが、なかなか魅力的な笑顔だった。その笑みに誘われて、つい軽口がでる。

「土を掘っても虫はでてきませんよ?」

「万が一でてきたら、お電話しますね」

「まあ。お礼の?」

「いえ、苦情の」

「やだもう」

突如、おもての通りが光に包まれ、ほとんど間《ま》を空《あ》けずに雷鳴が轟《とどろ》いた。男性が「近い！」と叫んでビニールポットを握りしめた。ぼろぼろと土が床にこぼれ落ちる。あらあらと思った次の瞬間、大量の雨が路面を烈《はげ》しく叩きだした。

「あっ。たいへん！」

外にだしている商品を入れなくては。

「ぼくも手伝います」

「え、でも」

とめる間もなく通りに飛びだした男性を追って、鉢と棚と黒板を店内にはこび入れた。男性は、雷光のたびにヒャーヒャーとうるさかったけれど、手伝ってくれたおかげで、翠里はびしょ濡れにならずに済んだ。

「たすかりました。ありがとうございます」

レジのうしろの棚からタオルをとって男性にわたす。タオルは一枚しかなかった。翠里は「これでいいや」とリネンのエプロンを捲《まく》りあげ、わしわしと頭を拭《ぬぐ》った。

「まるでスコールみたい」

そういってみたものの、今日の雨は冷たかったし、そもそも本場のスコールを知らない。

「花散らしの雨になりそうですね」

男性の言葉に、翠里は「ほんとに」とうなずいた。

壁時計が午後五時を知らせて鳴った。

閉店まで、あと一時間。

「あの……もう少し雨宿りしていってもいいですか」

「もちろんどうぞ。よかったら、お茶でもいかがです？」

「いやいや、とんでもない」

「じつは、もうじき隣にカフェを開く予定なんです」

「ほう？」

花屋の正面入口からみて右手の壁は、上半分がガラス窓になっていて、隣のテナントを見通せる。そこに小さなカフェスペースができあがりつつあった。翠里の視線につられ、男性の目もそちらへと向いた。

「内装の仕上げはこれからなんですけど、ほぼオープンできる状態になっていて。来週には、花屋の常連《こっち》さんを招いてプレオープンも考えてるんです」

翠里はミヤマクワガタのポットを紙袋に入れながら説明した。

「だから、わたしの練習台になるつもりで」

「いやいやそんなぼくなんか……いいんですか？」

「カフェの接客は初心者ですから、苦情は無しでお願いしますね」

翠里が頭をさげると、相手も負けじと腰を鋭角に折った。

店舗奥に設けたドアから、男性を伴ってカフェのほうへ移動する。

通りに面した、窓辺の長テーブルの席についた彼は、魞沢泉《えりさわせん》と名乗った。本人はおかしな名だと卑下《ひげ》したが、翠里は美しいと感じたので、そう伝えた。照れたのか、魞沢はタオルで顔をごしご擦《こす》り、赤らんだ顔をいっそう赤くした。翠里が名乗ると、「ああ、店名の〈ヴェール〉はお名前由来ですか」と、納得した様子だった。

「それじゃあ魞沢さん、コーヒーと紅茶どちらにします？」

「では店主のおすすめを」

「あら。そんなことといわれたらプレッシャー。でも、実際オープンしたら、あり得る注文ですよね。すごい魞沢さん、なかなかいい練習台だわ」

さて、どうしよう。少し悩んで、春らしい軽やかな紅茶を……とも考えたが、濡れて肌寒いこともあり、チャイ風のミルクティーに決めた。

「甘くても平気ですか？」

「むしろ好みです」

「スパイスは？」

「ほどほどで」

「少々お時間をいただきます」

エプロンの紐をきつく結びなおす。奥の棚から、色濃く渋みの深いアッサムのセカンドフラッシュを手にとった。粒《りゅうじょう》状に加工された茶葉を、ミルクパンの熱湯に落として数分煮出す。それから黒糖と牛乳を入れ、もう一度沸かしてじっくり蒸らした。

ティーカップとソーサーは、一世紀の歴史をもつ国内の洋食器メーカーの品で、かなり奮発してしまった。これ以上の白色はないと思えるほど美しい白磁《はくじ》で、縁の部分や把手《とって》に金彩《きんさい》がほどこされている。ただ、チャイを供するとしたら、もう少しオリエンタルな雰囲気のカップもあったほうがよさそうだぞと、新たなプランが思い浮かぶ。

「お待たせいたしました」

まず魞沢は、ソーサーにのっているシナモンスティックをめずらしそうに眺めた。念のため「ストローじゃないですよ」と注意して、

「それで紅茶をかきまぜてください。スパイスの風味がつきます」

と説明した。魞沢はいわれたとおりにスティックで紅茶をまぜ、猫舌なのかしきりに息を吹きかけながら、おそるおそるといった様子でカップを口にはこんだ。

「ああ……とても美味《おい》しいです」

お世辞か本音か、それとも名前を誉《ほ》められたお返しをしてくれたのか、彼は「美味しいです」を何度も繰り返して、翠里を悦《よろこ》ばせた。

おかげで満ち足りた気持ちになり、自分のためにブラックコーヒーを淹《い》れた。旧知の珈琲《コーヒー》豆専門店の店主に頼んで誂《あつら》えたオリジナルブレンド。酸味はつよめ、ボディはほどほど。華やかな香りだけで、もう幸せ。

窓辺の長テーブルの左端に魞沢がいて、翠里はカップを手に、奥側のカウンターに寄りかかった。女子高生がカバンを傘がわりに掲げて、通りを駆けていくのがみえた。

「花屋の隣にカフェなんて、ステキですね」

魞沢がこちらを向く。

「むかしから飲食の店をやってみたかったんです。花屋のほうは、親がはじめた店を継いだだけで」

「そうなんですか。じゃあ、ここは夢の場所だ」

「去年までパン屋さんが入ってたんですけど、店を閉めちゃって。それで思いきって契約したん

です」

隣り合ったふたつのテナントは、もともとワンフロアだったものを、薄い壁で仕切っただけだった。貸主から「両方借りてくれるなら、壁をどうにかしてもかまわない」といわれたので、翠里はそこに大きなガラス窓をしつらえ、奥側に往来できるドアを設けた。

これなら、自分ひとりでも、両店を行き来して接客することが可能だと考えている。内装と食器にこだわったせいで、人件費の予算は消えてなくなったのだ。

壁とテーブルには県産の白樺《しらかば》をつかった。壁のほうは無垢《むく》材の羽目板で、カウンターは側面に樹皮を残した丸太の挽《ひ》き割り。床には赤みのあるカリン材を敷いた。天井と照明は……店が流行《はや》ったら再検討しよう。

「椅子の座り心地も抜群ですね」

「わかります？　北海道の旭川《あさひかわ》にある有名な家具屋さんから取り寄せたんです。花屋のほうも、コンクリートの床をやめて、もう少し温かみのある雰囲気にしたいんですけど、親がはじめた店を変えすぎるのもよくないかと思って」

そのぶんカフェは妥協せず、自分が望むままにつくりあげたい。

「娘からは『上手《うま》くいきっこない』って猛反対されてるんですけどね」

「娘さんというと、もしかして、ぼくの前にお店にいたかたですか？」

「えっ。どうしてわかるん……あっ！　いやだ」

翠里は両手で頰《ほお》をおさえた。

「喧嘩の声、外に漏れてました？」

母と娘の、みっともない口論が。

鮎沢はバツが悪そうに「いやあ」と笑い、

「娘さんが相当エキサイトしてたものですから、どうにも店に入りづらくて、つい立ち聞きの恰好になりました。そのあとすごい勢いで飛びだしてきたので、危うくぶつかりそうになって……いやその、あはは、よけいなことをすみません」

「恥ずかしい。お客さんに酷《ひど》いものお聞かせしちゃって」

顔を手であおぎながら、結局翠里は娘とのやりとりを思いだしてしまう。

そして請われもしていないのに、会ったばかりの男性に身の上話をはじめてしまった。


「半年前に人間ドックを受けたんです」

自分で思ってるほど若くないんだから——娘に決まり文句でしつこくすすめられ渋々でかけた。結果は〈要精密検査〉だった。

右の乳房に、細かな石灰化が認められるのだという。それを知った娘は、すぐに精密検査を受けろといった。しかし翠里は「いまはちょっと忙しいから」と、のらりくらりかわしてきた。

ちょうど銀行の融資がおりて、念願のカフェ開業に現実味が増したタイミングだった。

しこりや痛みといった自覚症状はなにもない。ネットで調べてみると、石灰化イコール乳がんとは、どこにも書いていなかった。オプションで受けた腫瘍《しゅよう》マーカー検査のほうは、基準値におさまっている。

——でも、もし精密検査の結果、悪性の腫瘍だとわかったら。

治療や入院が必要となれば、カフェの計画は延期せざるを得なくなる。

テナントを借りたあとでは無駄に賃料がかかるし、だからといって契約を保留すれば、話は流れてすぐにほかの借り手がみつかってしまうだろう。

翠里は、検査よりも長年の夢の実現を優先した。

「娘は生命保険の外交員なんです。保険のほうも以前、無理やり特約に加入させられて。もちろんいまとなっては『入っておいて正解だったじゃない』って勝ち誇ってますけど」

「職業柄、病気にもそれなりにお詳しいでしょう。心配されるのもわかります」

「それは、そうなんですけどね」

翠里は話を切りあげた。

だが追憶は彼女のなかでつづいた。

娘は今日も、仕事の合間に店を訪ねてきた。花の香りに包まれていた店内に、娘と一緒に雨の匂いが入り込んできた。空の色が不穏だった。

もうじき降るのだと思い、娘の手に傘のないことが気になった。

「あなた傘もってるの？」

それが翠里の口からでた最初の言葉だった。

「お母さん、そんなことどうでもいいの」

娘は端《はな》から喧嘩腰だった。

「いいかげん検査にいってよ。もう内装工事だって済んだんでしょ？」

「来週、備品の搬入があるのよ。その打ち合わせとかもあって」

「店をオープンさせたら、ますますいかなくなるじゃない」

いつもの言い合いになった。細い雨が、砂のこぼれるような音を立てはじめた。

やがて娘の口からでた、

「お母さんはいつも自分勝手すぎるのよ！」

という言葉に、翠里もついカッとなった。

「勝手はどっちよ」

こらえよう、こらえよう、そう思っていたはずだったのに、語気が荒くなった。

「わたしがいままであなたのために――」

いいかけて言葉を飲み込んだ。

――あなたのためにどれだけ自分を犠牲にしてきたと思うの？

そんな科白《せりふ》が、喉もとまであがってきていた。

売り言葉に買い言葉だとしても、いってはいけないことがある。娘に「産んでくれ」と頼まれて産んだわけではない。子どもにしてみれば、自分を産んだこと自体が「お母さんの勝手」の最たるものだろう。

「なによ。いってみなよ」

睨《にら》まれて翠里は目を逸らした。娘はもう、じゅうぶんに育った。寂しい思いをさせたことも多かったが、シングルマザーとして、やれるだけのことはやってきた。誉めてほしいとはいわないけれど、そろそろわたしだって、わたしの人生をとり戻していいはずだ。

花屋の隣の小さなカフェ――五十歳を目前に、そんなチャレンジをしても許されるのではないか。

（……なのにどうして、いまこのタイミングで）

カップをもった右腕が、無意識のうちに、右の胸をそっと庇《かば》うようなかたちになっていることに気づく。湯気はもう、立ってはいなかった。

「雨、弱くなってきましたね」

翠里の胸のうちを知る由もない鮎沢は、軽くなった雨音に嬉しそうな声をだした。翠里は彼の座る窓辺の席に近づいた。

「おかわり、いかがです?」

鮎沢のカップを覗《のぞ》くと、もう底がみえていた。シャツの肩がまだ濡れている。きっと寒いのだろう。

「え。でも、そんな……いいんですか?」

「今度はミルク抜きにしましょうか」

「お砂糖は入れてもらってかまいません」

遠慮しているのかいないのか、よくわからない。

「かしこまりました」

湯を沸かしはじめたときだった。仕切りのガラス越しに、花屋に客がきたのがみえた。鮎沢も小動物のようにピクと反応して首を伸ばし、「お客さんです」と、なぜか囁《ささや》くようにいった。翠里は「ごめんなさい」と火を消して、店奥のドアから隣の店舗へ移動した。

客は高齢の女性だった。彼女はすぐに奥の飾り棚に目をとめて、

「おやまあ」

と、驚いたような、呆れたような声をだした。

「これポインセチアじゃなくって? ずいぶんめずらしいわね」

「ええ。ちょっと、とくべつの注文がありまして」

「へえ。それにしたって、季節感もなにもありゃしない。春にそんな花を頼むなんて、きっと若

い人でしょうね。わたしらにはわからない感覚だもの。ねえ？」

「ええ、まあ。そうですね」

苦笑いする翠里に女性は、「日本の四季がいかにすばらしいものか」を語りだした。聞きながら、窓越しに鮎沢と目が合った。彼もニヤニヤしていた。話が二周目の春にさしかかったところで客の携帯電話が鳴り、「お友だちに呼ばれちゃった。ごめんなさいね」といって、結局なにも買わずにでていった。


「ぼくもめずらしいと思ってたんですよ。ポインセチア」

カフェに戻ると開口一番、鮎沢がそういった。

「え？　向こうの話し声、聞こえました？」

「いいえ。聞こえはしませんでしたが、お客さんが棚を指さして喋《しゃべ》っていたので、そんな感じの会話だったかなと」

「たしかに最初は花の話だったんですけど、途中から食べものがメインになっちゃった。もうじきコシアブラが旬なんですって」

笑いながら、あらためてコンロの火をつける。鮎沢はポインセチアについて、それ以上なにも訊いてはこない。

芳香豊かなディンブラを淹れ、蜂蜜《はちみつ》を垂らし鮎沢のところへはこんだ。雨は弱まっても、日没に向けて、空はそれほど明るくならなかった。

「そういえば、同じ道沿いに大きな病院がみえました」

「え？　ああ、はい。市立の総合病院が。歩いて十分もかからないかしら。お見舞いの花を買っていかれるかたが多くて。そのおかげで、なんとかやっていけてます」

「なるほど」

鮖沢が、おかわりの紅茶をひと口飲む。

「娘さんにしてみれば、せっかく近くに病院があるんだから少しでもはやく……という感じでしょうね」

「あら、そこに話を戻します？」

「ごめんなさい」

「実際、毎回いわれてます」

「いいたくなる気持ちは理解できます」

「病院だけじゃなく、ここから歩いていける範囲にお墓もあります」

「おやおや、そこまで話を進めますか？」

「店の裏手の道を、病院とは反対側にいくと、やっぱり十分くらいで。だから、お墓参りのお花を買っていかれるお客さんも、けっこういます」

「はあ」

「入院病棟の窓は、お墓が死角に入るよう配置されてるそうですよ」

「いろいろ気をつかうものです」

「そこに、わたしの両親も眠っています」

「花屋の先代の」

「じつはわたしの母が、乳がんで亡くなっているんです」

まだ五十代の若さだった。

「そうでしたか。であれば、ますます」

「ええ。娘がうるさくいうのも当然なんです。でも、だからこそ、わたし病院へいくのが怖くって。インターネットで安心できる情報をさがしては、『がんのはずがない』って自分に言い聞かせて、今日まですごしてきちゃいました」

そのあいだも、がん細胞は少しずつ、胸のなかで成長しているかもしれないのに。

「先ほどのお客さんは、お見舞いでしょうかね」

「あのおばあさん？　どうかしら。お花も買わずに」

鮴沢は小さくうなずいて通りに目を向けた。すっかり細くなった雨が、水たまりにかすかな波紋を描いている。

（いやだ。わたしったら、翠里は、自分がいろいろ話しすぎていることに、いまさらながら気づいた。

（いやだ。わたしったら、友だちでもないのに……）

そう考えて、ちがうと思いなおす。友だちでも知り合いでもないから、こんなふうに喋ることができるのだと。

「鮴沢さんは、このあたりにお住まいですか？」

翠里は無理に明るい声をだした。鮴沢はカップを手に、窓越しの空を気にしている。

「いえ。県外からの昆虫採集の帰りに、ちょっと寄ってみただけです」

紅茶で温かくなった彼の息が、ほんの一瞬ガラスを白くした。

「わざわざ県外からですか……ほんとに好きなんですね、虫」

もしかしたら、二度と会うことのない人。

今日会って、今日別れるだけの人。

自分は、そんな話し相手を求めていたのかもしれない。

張り詰めていた気持ちの、逃げ場になってくれるような相手を。

「あの花は、プレゼントなんです」

「え」

なんのことでしたっけ……といった表情で、鮎沢がこちらをみた。

「あ。ポインセチアのことですか？」

「はい。去年の、ちょうど今日のことでした。高校生の女の子がお店にきたんです。病気のお母さんにプレゼントする花をさがしに」

「………」

「それがポインセチアだったんです。出回る季節じゃないから、置いているはずもなくて」

「なぜ病気のお母さんに、それも四月に、ポインセチアだったんでしょう」

「好きな花だったんですって。だから誕生日のお祝いに、その花を」


天気のよい朝だった。去年の今日、午前九時の開店にあわせて少女はやってきた。走ってきたのか、ずいぶん息を弾ませていた。頭のサイズには少し大きいようにみえる、ピンクに近い赤のバケットハットを目深《まぶか》にかぶり、ややダボついた白のトレーナーに、デニム地のオーバーオールパンツが少し暑そうだった。

中学生か高校生にみえたので、どうしてこんな時間にと訝《いぶか》しく感じたが、まだ春休み期間であることを思いだした。

ろくに店内もみず、少女はレジカウンターに立っていた翠里に近づくと、

「ポインセチアはありますか」

と訊ねてきた。ないと伝えると、その子はあからさまな落胆を示した。

「あれは冬の、とくにクリスマスシーズンの花なの」

「そうですよね。わかってたんですけど、急に思いついて、もしかしたらって、きてみたんですけど」

「なにを思いついたの?」

「ママへのプレゼント。ポインセチアが大好きで……っていうか、クリスマスが大好きで。それで、喜ぶだろうなって。ちょっとしたサプライズ」

「季節の花は、やっぱりその季節にプレゼントするのが喜ばれるんじゃないかしら? 春には春のお花を……」

「次のクリスマスには、もういないかもしれないんです」

そういわれ、翠里は一瞬言葉を失った。

「たぶん、もうすぐ死んじゃうと思うから」

ハットの影が、少女の目もとを暗く隠していた。

「死んじゃうって……」

「ママの誕生日を祝ってあげられるの、今年が最後かもしれなくて。それで」

「ご病気なの?」

苦しい胸のうちを、少女は誰かに話したいのではないか。身勝手にそう感じ、翠里は訊ねた。

少女はなにかこたえた。しかしそれは、通りから聞こえた車のクラクションにかき消されるほどの、か細い声だった。翠里は「え?」と顔を近づけ、少女の口もとに耳を寄せた。

「すぐそこの病院に、入院してます」

「大きな病院だから安心ね」

「手術で一度は治ったんだけど、再発しちゃったみたいで」

「………」

「もう少しで、区切りの五年だったのに」

見舞い客を数多く迎えてきた翠里だったが、こんなとき、どんな返事が相応しいのか、そもそも相応しい返事などあるのか、いまだにわからなかった。

「主治医の先生や看護師さんは誤魔化《ごまか》すけど、わたしだって、もう子どもじゃないからわかります。ネットでたくさん調べたし」

少女は四月から高校二年生になるといった。

「いまから、お見舞いに?」

誕生日を迎えた母の病室に、大好きな花をもっていきたい。そのアイデアを急に思いついて、この子は開店直後の花屋に飛び込んできたのだ——そう思って訊ねたら、彼女は「いいえ」と首を横に振った。

「今日は先生から外出許可がでてるんです。だから病院の外で待ち合わせ」

「そうなの」

「久しぶりに、ふたりででかけるんです。免疫が落ちてるから人混みにはいけないけど、散歩したり、静かなお店で食事したりはオッケーだって。そういう場所は、ママのほうが大人だから断然詳しくて」

高校生にしては小柄な少女が、翠里を仰ぐようにして、はじめての笑顔をみせた。

「誕生日に娘とデートなんて、お母さん嬉しいでしょうね」

「じつは今日、わたしの誕生日でもあるんです」

「ええ！　お母さんと同じ日に生まれたの？」

「はい」

「親子の誕生日が一緒なんて、ちょっとした奇跡ね。おめでとう。デートは、お母さんからあなたへのプレゼントでもあるのね」

だったら、なおさら外出したかったことだろう。

「たぶんお母さんは、わたしのために、なにか準備してくれてると思うんです。なのにわたしは、ぜんぜん考えられてなくて」

「物を贈るだけがプレゼントじゃないのよ？」

「ずっと迷惑ばっかりかけてきて」

「親は子どものことを迷惑だなんて思わないわ」

「なにも恩返しできてないのに、それなのに、もうすぐお別れかもしれないなんて……わたし……」

「弱気なこといわないの。お医者さんは、ほんとうに誤魔化してるだけ？」

「そんなの……わかんない」

「お母さんは、なんて話してるの？」

「ぜったいに……大丈夫だからって」

「お母さんは嘘をつく人？　そうじゃないでしょう？」

「わたしを悲しませないためなら、どんな嘘だってつくよ」

翠里は絶句した。それを否定できる言葉なんて、あるはずがなかった。

翠里は深く息を吸って、ゆっくりと吐いた。自分の仕事は客の説得ではない。わたしにできることをやらなくては。

「お母さんとの待ち合わせまで、あとどのくらい？」

そう訊くと、少女は赤くなった鼻をスンと鳴らして、ポケットのスマホをだした。画面をみるその目が潤《うる》んでいた。翠里は慌てて彼女から目を逸らした。涙をみたら自分まで泣いてしまいそうだった。

「えっと、十五分くらいです」

「おばさんが、ポインセチアなしでも、とびっきりすてきなブーケをつくってあげる」

「ほんとですか」

「ママとちがって、わたしはあなたに嘘をつく必要はないの」

少女に少しだけ笑顔が戻る。

「でも、予算が――」

「いいから任せて。病室は大部屋？」

「ううん。個室」

であれば匂いに気をつかいすぎる必要はない。翠里がまず手にとったのは、ボルドーカラーのバラだった。

ふだんなら、病気の人へ贈る花に、赤が濃いものはすすめない。血を連想させるし、つよい色彩そのものがストレスになる可能性もある。だが今回は、ポインセチアに近い色を入れたいと考えた。この子の帽子の色だって赤だ。力が漲《みなぎ》るイメージで赤を好む入院患者もいる。

バランスをとるために、これまた単体では病人向けに選ぶことの少ない、純白のカラーをあえて加えた。花言葉のひとつは〈清浄〉。病原が消え去るようにとの祈りをこめる。

「そしてこれはクリスマスローズ」

ポインセチアにちなんで、クリスマスと名のつく花を選んだ。季節はずれの花ではなく、春咲きの品種だ。開きかけのライムグリーンの蕾は未来への希望。草丈が低く、草原のように主役を引き立てる。

最後に春らしく明るいミモザを、ラッピングからあふれるように添えた。

リボンは少女のリクエストで明るいピンク色にした。

「わあ。すごい……」

「ありがとうございます。でもどうしよう。こんな大きな花束……」

「お金のことなら気にしないで」

「……いまから街を歩くのに、邪魔になっちゃわないかな」

困ったように翠里をみる。

「ええ！　いまになって、そんなこという？」

「やばーい」

少女がおどけたように両手を頭にのせた。ふたりで笑い合う。

「もちやすい袋に入れてあげる。ママにもたせないで、あなたがもってあげるのよ？」

「はい」

翠里も通りにでて、病院方向へ向かう少女を見送った。遠ざかる背中を眺めるうち不意に胸が熱くなり、思わず声をあげた。

「ねえ！」

少女が立ちどまり、振り返る。

「お母さんは、きっと大丈夫だから！」

行き交う車の音に邪魔されぬようにと大声をだしたが、少女は不思議そうに首を傾げた。聞こえなかったのかと思い、翠里は両腕をあげて大きな丸をつくりながら、

「大丈夫！」

と叫んで、おまけに軽く飛び跳ねた。

「必ず治るから！」

トラックが唸《うな》りをあげてとおりすぎたが、今度はちゃんと伝わったようで、少女は首を何度も縦に振った。

「はい。ありがとうございます！」

「だから来年の今日、またお店にきて」

「え？」

「ポインセチアを準備しておくから、それをとりにきてちょうだい。わたしからの誕生日プレゼントよ」

「ほんとですか」

「うん。約束」

「今日だって、お花もらっちゃったのに」

「だからぜったい治るって信じるの。お母さんが、そういってるんだから」

「わかりました。あの……すごく嬉しいです！　じつはわたしも大好きなんです、ポインセチア」

「ママが好きな花だから？」

「はい。それにクリスマスには、楽しい思い出がたくさんあるから！」

少女はこの日いちばんの笑顔をみせて、風で飛ばされそうになった赤いハットを掌でおさえた。

「がんばってね」

もう一度だけ声をかける。

「はい。来年、必ずきます。絶対に」

それから少女は、よく晴れた青い空をみあげて、

「わあ。吸い込まれそう」

といった。


あの日から、少女は一度も姿をみせなかった。そして一年経った今日、翠里は少女の訪れを待ちつづけていた。交わした約束を果たすために。

「そのためのポインセチアでしたか」

「花束にしたかったけど、切り花にすると日保《ひも》ちが悪いみたいで鉢植えのまま。でも……もうタイムアップね」

壁の時計をみた。午後五時半。閉店まであと三十分。いまは春休み期間だから、日中は店にこられないという事情もあるまい。少女の母は、やはり、たすからなかったのだろうか。

右胸に小さな疼《うず》きがはしった。

検査をするのが怖い。もし病気であることを知らされたら……それが少女の母親のように命に関わるものだとしたら……悪い考えに膝《ひざ》が震え、翠里はすがるようにしてカウンターに身をあずけた。息が知らず荒くなっていた。外の空気を吸いたかった。

「すみません。窓を少し開けてもらってもいいですか」

翠里の異変を感じとってか、鮎沢は急いで席の近くの突きだし窓を二枚開けた。風とおしのよい窓ではないが、雨に洗われた冷たい空気は、翠里の小さなパニックを鎮《しず》めるのに幾分役立った。

あの子に花を贈りたい——翠里は願うように思った。誕生日のお祝いを。がんばったご褒美《ほうび》を。

いまはまだ悲しいだけかもしれない。けれど、それでも、とりにきてほしかった。

「夜になっても、待ってみるんですか？」

鮎沢が訊ねてきた。

「そうですね……」

もう一度時計をみる。翠里は迷った。

「そもそもあの子は、こんなおばさんが勝手に押しつけた約束のことなんて、なんとも思ってないかもしれないですよね」

「そんなことは……」

「約束を交わしたことさえ、憶えてないのかもしれない」

むしろそのほうが当然だと、いまになって思えてきた。いったい自分は、なにをひとりでその気になって、朝からそわそわしていたのだろう。まだかまだかと、時計ばかりを眺めて。

虚《むな》しさが、わっとせりあがってくる。ガラス越しにみえる引きとり手のないポインセチアが、ただただ寂しい。

翠里は心を決めた。

「ふだんどおり、六時になったら閉めます」

あと二十五分。

「そうですか」

鮲沢が椅子から立ちあがった。

「すっかりお邪魔してしまいました。図々しく飲みものまで頂戴《ちょうだい》し、ごちそうさまです」

「それは、わたしが無理やり飲ませたんですから」

そうだ。娘のいうとおり、わたしはなにもかも自分勝手だ——。

急にひとりになりたくなって、翠里は席を片づけはじめた。鮲沢が「すみません」といいながら、テーブルに置いていた紙袋をもちあげようとして倒した。ポットからこぼれた土がテーブルを汚す。それを慌てて手で拭おうとして、かえって汚れをひろげてしまい、彼はもう一度「すみません」といった。

翠里は苛立《いらだ》った。右胸が疼きつづけている。気のせいだ。不安のせいだ。でも、もしかして、もしかして……。

翠里は鮲沢とテーブルのあいだに割り込み、布巾《ふきん》で土を拭《ふ》きとった。鮲沢のほうをみないようにしていたけれど、彼の視線は感じつづけていた。

「ひとつ、よけいなことかもしれませんが、いってもいいでしょうか」

「なにか?」

よけいなことならいわないでほしい。翠里は自分のことを棚にあげて——棚にあげていることをじゅうぶん自覚しながら——そう思った。言葉にはしなかったが、そのぶん顔にはだした。手を動かしたまま、眉《まゆ》をひそめて軽く睨んでみたけれど、相手はそれに気づくほど敏感ではなかったようで、椅子の横に立ったまま話をつづけた。

「どうしても気になることがあります」

「なんでしょう」

「いまのお話のなかに、錯誤があるのではないかと」

錯誤と聞いて、鮲沢がもつ紙袋に目がいった。虫と花を勘違いして店に入ってきたような人間が、なにをえらそうにと鼻白《はなじろ》む。翠里は布巾を小さくたたみ、背中をまっすぐ伸ばした。

「そんなもの、どこにあるっていうんですか」

「確信があるわけではありません。それこそぼくの、とんでもなく失礼な間違いかもしれません。けれど、可能性があるとは思うんです」

「だからなにがですか！」

まどろっこしい喋りに、思わず大きな声がでた。

鮲沢は、申し訳ないような表情をみせはしたが、だからといって話を打ち切ろうとはしなかった。

「その女の子は、一度でもはっきりと『母親が病気だ』と口にしましたか」

「……なんですって？」

「その子のお母さんは、ほんとうに病気だったんでしょうか」

「鮲沢さん……」

翠里の口からため息がこぼれた。

「気休めかなにか知りませんけど、あの子はお母さんが入院しているといったんですよ？　だったら病気で間違いないじゃないですか」

「そこなんです。もしかして、入院していたのは少女のほうだったという可能性はありませんか？」

「ちょっと……バカなことといわないでください。だってあの子はたしかに」

たしかに……たしかに……？

「……え？　待ってください……え？」

――次のクリスマスには、もういないかもしれないんです。

認識が揺らぐ。

――たぶん、もうすぐ死んじゃうと思うから。

たしかにあの子は、ひとことでも口にしただろうか。

――誕生日を祝ってあげられるの、今年が最後かもしれなくて。

ママが病気なのだ、と。

「うそ、そんな……」

あの日、外出許可をもらったのは母親ではなく、あの子のほうだった？　それをわたしが勝手に――？

風が吹き込んだのか、ガラス越しにみえる花屋の花たちが一斉に揺れだした。翠里は世界そのものが揺れたように感じた。

「信じられません。じゃあ鮎沢さん、あなたは、今日ここにあの子があらわれない理由を……」

「亡くなったのだとすれば、くることはできません」

「酷いことといわないで！　あんなに若い子がどうして」

「はい。酷いことです」

「これ以上聞きたくありません」

「いいえ。そうはいきません。ぼくがどうしてこんなことを考えたのか、それをわかってもらうまでは」

「勝手な人ね」

「ええ。勝手にもなります。だって、まだ間に合うかもしれないんですから」

「間に合う？　なにに」

「ポインセチアをわたしにいくんです」

「やめてください。もうわけがわからない」

「花は、誰かを喜ばせるために贈るものです。もらうほうの気持ちになって、どんな花を贈ろうかと考えるものです」

「花屋に向かってなんの講釈ですか」

「季節はずれの花が店に置いてあったとします。いくらめずらしいからといって、それを買おうとするお客さんは、誰にそれを贈るつもりでしょう」

「だからなんのことをいって——」

そう口にしたとき、小さな衝撃が身体《からだ》を貫いた。

「ぼくが店に入ったすぐあとに、花を買いにきた女性がいました。彼女はポインセチアをほしがり、それが商品ではないと知って、『それじゃあ』と、べつの花束を注文しました。もしポインセチアを買うことができたなら、あの人は、それを誰かに贈るつもりだったということです」

翠里の胸の鼓動がはやまる。

「プレゼントする相手がその花を好きだという確信がなければ……あるいはそれ以上のとくべつな事情がなければ……四月にポインセチアを贈ろうなんて、思わないんじゃないでしょうか」

——じつはわたしも大好きなんです、ポインセチア。

——ママが好きな花だから?

——はい。

「まさか……あの女性が……」

「娘と自分の誕生日に訪れた花屋で、娘と自分が大好きな花をみつけた。それは、ちょっとした奇跡のように思えるじゃないですか」

翠里は一年前の会話を、記憶にあるだけ、もう一度思い返してみた。

(そうだ……そういえば)

別れ際、少女に「お母さんは、きっと大丈夫だから」と声をかけたときだけ、あの子はピンときていない様子で首を傾げた。翠里はそれを、車の音に邪魔されてこちらの声が届かなかったのだろうと考えた。しかし、そうではなかったのだ。

少女は、それまで自分を励ましてくれていた相手が、なぜか急に「母親は大丈夫」などといいだしたものだから、その意味を計りかねたのだ。

——必ず治るから。だから来年の今日、またお店にきて。

翠里は愕然《がくぜん》とした。

——がんばってね。

病と必死で闘う本人に、なんて軽々しい言葉をかけたのだろう。

少女は幼い頃から病と向き合って生きてきた。死を身近に感じつづけていた。それはひとつの達観となって、少女の言動から悲愴感を奪いとったのかもしれない。あの子が自分の病と死期について語っているとは、あのとき、とても思えなかった。

「でも……でも、あの子はいまも入院していて、さっきの花束は、お母さんがお見舞いに買っていった可能性も……」

そこまで口にして、女性客とのやりとりがよみがえる。

——お見舞いのお花ですか？

——いえ、そうじゃないんですけど。

翠里はカップとソーサーをテーブルに戻し、両手で顔を覆った。

「ああ……なんてこと。鮲沢さん、わたし、わたし……」

——わあ。吸い込まれそう。

あの子は空にのぼったのだ。


やはりあの女性客には見憶えがあった。何度か店で花を買っていったことがある。きっとそう、まだ入院中だった娘に、お見舞いの花を。

そしていま彼女は——。

「お墓かもしれない」

決して派手ではない装い。春の花束を手に、娘の誕生日のお祝いを——。

「鮲沢さん。この近くに墓苑《ぼえん》があるの」

「ええ、そうでしたね」

「わたし、わたしどうしよう」

「約束を果たせます。きっとまだ間に合います」

「いってきます。急いで店をしめなくちゃ」

「ぼくがここにいますから、すぐにでてください」

「あなたが？」

大切な店を、さっき会ったばかりの人に任せるですって？

「大丈夫です。信じてください」

「いえ、でも」

「勝手に紅茶を飲んだりしません。客がきたら花も売りましょう。だからはやく」

冗談だろうか。笑うところなのかもしれない。けれど翠里の目からは涙が落ちた。

大丈夫だといわれれば、大丈夫な気がする。信じてくれといわれれば、信じてもいい気がする。

「タクシーを呼びますか？」

「ううん。車を待つより走ったほうがよっぽどはやい」

「どうぞ気をつけて……でも、いまのあなたなら、たとえ目をつむって走ったとしても、なにかが守ってくれそうです。さあ、いってらっしゃい」


翠里はポインセチアを抱えて店を飛びだした。もう雨はやんでいた。濡れた道を、水を蹴って走る。腰にさげたままのケースのなかで、ハサミがカチャカチャと急《せ》かすように鳴った。鉢はプラスチック製で、もちやすいように包装してあり、それほど大きくもないのだが、いまはずっしりと重い。脚より先に腕が悲鳴をあげそうだった。

夜のとばりがおりかけていた。きっと女性は、仕事帰りに花を買いにきたのだ。どんなに遅くなったとしても、彼女は今日、娘の墓参りをしたかった。だって誕生日なのだから。翠里は歯を食いしばる。

女性が店をでて一時間近く経っていた。彼女はあれから、まっすぐ墓苑に向かっただろうか。

もしどこかに立ち寄ってくれていたなら……。お願い間に合って――翠里は空を仰いだ。あなたのお母さんに会わせて――。

ようやく寺院についたとき、翠里は雨に打たれたように汗をかいていた。暗い境内《けいだい》は、まるではじめて訪れる場所のようで、自然と足のはこびは遅くなる。

どこからか声が聞こえた気がした。外灯のまばらな墓苑の路《みち》を、耳を澄まして辿る。奥まった一角にベージュのコートの背中をみつけ、翠里は立ちどまった。

女性はしゃがみ込んで、墓になにか語りかけていた。風が音をはこび、翠里は少女の名前を知った。雨が洗ったばかりの空気に、線香が淡い匂いをつける。墓前に春の花束が供えられていた。

翠里は女性が立ちあがるのを待った。しかし彼女は身じろぎひとつしなかった。もう声は聞こえない。ただ墓に向かって、じっと掌を合わせているようにみえた。その背中をみつめつづけ、翠里はようやく気づいた。

女性は娘からの返事を待っている。聞こえぬ声を聴きとろうと、一心に耳を傾けている――。

（ああ）

翠里の心が目の前の景色を離れた。

（わたしには、いまもうるさいほどに話しかけてくれる娘がいる）

それなのに、声に耳を閉ざしている自分は、なんて愚かなんだろう。

あやまらなくてはならない。ありがとうといわなくてはならない。精密検査の予約はすぐにとれるだろうか？　どうしてすぐにこなかったのかと医者に叱《しか》られるかもしれない。その先に悪い結果が待っているかもしれない。けれどいちばんつらいのは、娘に悔いを抱かせることだ。あのとき無理やりにでも精密検査につれていけばよかった――そんなふうに思わせてしまうことだ。

五十年も生きた挙句《あげく》、娘に遺《のこ》したのが後悔と借金じゃ、あまりに情けない。けれどいまなら、まだ間に合うかもしれない。なにもかもが手遅れだなんて、そんなことはないはずだ。鮲沢がいったとおり、こうして少女の母親にだって会えたのだから。

（あっ）

女性の背中が動いた。彼女は立ちあがり、そして翠里は歩きだした。振り返った女性の手に、少女の赤いバケットハットがあった。

ちゃんと届けなくてはならない――翠里はポインセチアの正面を彼女に向けた。

ちゃんと伝えなくてはならない――胸に大きく息を吸い込んだ。

娘さんからのプレゼントです。

# 黒いレプリカ

「せえの！　ちょっと鮍沢《えりさわ》さん、ちゃんともってる？」

「甘内《あまうち》さんこそ、そっちに傾いてますけど」

高さ七十五センチ、重量十キロを超える大型土器を、ふたりで抱えて慎重に台車に載せる。

九月二十六日、月曜日。午後五時。甘内映子《えいこ》と鮍沢泉《せん》は、ミュージアム秋の特別展『ハレとケ〜縄文時代の祈り〜』に向けた準備の最中だった。

函館《はこだて》市の中心部から、車で一時間半——北海道南西部の宮雲《みやくも》市にある〈噴火湾《ふんかわん》歴史センター〉は、市内で発見された遺跡の調査を目的とする、いわゆる埋蔵文化財センターだ。事業主体は市の教育委員会だが、民間に委託するかたちで管理運営がなされ、甘内はその法人の正職員として遺跡調査を担当している。渡島《おしま》半島の北側に位置する宮雲市は、海と山の両方の恵みを得て古くから人が住み、遺跡が数多く出土する土地だった。

「ちっちゃい土器は重ねてもってくから、鮍沢さんは台車をお願い」

「承知しました」

センター建屋《たてや》は、文化財を展示する〈ミュージアム棟〉と、出土品の調査研究をおこなう〈整理棟〉に分かれており、二棟は収蔵庫を兼ねた幅広の渡り廊下でつながっていた。展示室に台車をはこび入れる。午後五時十五分。退勤時刻まであと十五分しかない。壇上《だんじょう》のレイアウトを確認しながら、ふたたび「せえの！」と声をかけ合ったところに、総務課の門田《かどた》の声が飛んできた。

「甘内さん！　至急会議室にきてちょうだい」

「え？　ちょ……いまですか？　ごめん鮎沢さん、いっかいおろして」

巨大な壺形の土器をそっと床に置く。

「どうかしました？」

「上輪山《かみわやま》の工事現場で埋蔵物がでたんですって。対応を検討するそうよ」


ミュージアム二階の会議室に入ると、調査部の作間《さくま》部長以下、五名の遺跡調査員に加え、総務課長が着席していた。甘内が座ると、すぐに作間の説明がはじまった。

「今日の午後四時五十分、市北部にある上輪山中腹の工事現場で『土器らしき破片と、その下から骨のような白いものが出土した』との連絡が、市教委の文化財課を経て入った。現場監督が、油圧ショベルで掘り返した土の山に土器片があることに気づき、その後、掘った穴のなかに『骨のような白いもの』をみつけたそうだ」

現場から送られてきた画像が、作間のノートパソコンごと回覧される。添えられたスケールからして穴は縦横二メートル弱のほぼ方形、深さは一メートル程度といったところか。たしかに底の土から白いものが数点露出しているが、骨と断定できるかと問われれば現物をみるまでなんともいえない。いっぽう、盛り土に覗《のぞ》く土器片には縄文土器の特徴がみてとれた。

「文化財課と相談した結果、間もなく日没を迎える点を考慮して現場はこのままにし、明日の早朝現地を確認したうえで、工事業者から必要な届出を警察に提出してもらう流れにした。現場にはわたしと……甘内、きみが同行してくれ」

「はい」

「部長、天気予報だと午前二時には雨が降りだします。そのへんの対応は?」

スマホをみながら総務課長が訊ねる。

「盛り土と穴をシートで覆うよう現場には伝えてあります。われわれもなるべくはやい時間に……甘内、七時前に現場に到着できるよう六時にはここを出発しよう。社用車《ハイエース》の鍵はすでにあずかってある」

「早朝は整理棟に入らないよう、お願いします。警備会社に異状と判断されるので」

「道具はこのあと積んでおきます」

総務課長の心配に、甘内がそうこたえると、

「現場を大きく手掘りすることもないだろうから、最低限あればじゅうぶんだ。わたしがやっておくから、さっさと帰って早寝しろ」

作間がそういって、ノートパソコンを閉じた。寝坊が多かったのは新人当時だけなのだが、一度ついた印象は変えられないものらしい。甘内は「わかりました」と、うなずいた。


九月二十七日、午前五時五十分。センターに到着すると、作間はすでにきており、愛車の旧型コペンの運転席で窮屈《きゅうくつ》そうに腕を組んでいた。窓を叩くと片目が開いて甘内を睨《にら》む。

「さて、いくか」

ポケットから鍵をとりだし、めずらしく作間がハイエースの運転席に乗り込んだ。

雨の朝を気怠《けだる》そうに走りだした車は、市街地を迂回《うかい》しセンター北側の林道に入る。荷室にはブルーシートが敷かれ、高さ三十センチほどの深型コンテナが二箱載せられていた。グレーのコン

テナは重箱式に重ねられたうえで十字にバンド掛けされ、周りをスコップや三角ホー、それにバッテリー式の小型投光器といった発掘用具で囲んである。おかげで車体が揺れても倒れることはなかったが、轍《わだち》にタイヤをとられるたびガチャガチャと中身が鳴った。雨はいよいよ本降りになり、ワイパーのせわしない動きと音が、寝不足の神経に障った。

林道を二十分ほど走り、泥に汚れた白いハイエースはようやく現場に到着した。現場監督と重機オペレーター、文化財課の杉谷《すぎたに》が先着し待機していた。作間はコンテナのバンドを一旦はずし、上段の蓋《ふた》をとって乱雑に詰め込まれた道具類から、メジャーや懐中電灯といったいくつかの小物をポケットに突っ込み、ふたたび蓋をしてバンドをかけた。

現地は草の茂る比較的平坦な場所だった。上輪山の森はかつて軍用で一部伐採に遭ったものの、手つかずの原始林が多く残っている。それゆえこの一帯であれば文化財包蔵地《ほうぞうち》である可能性——すなわち遺跡が発見される可能性は低いと期待され、市の企業誘致計画に向けた試掘がはじまったのだが、その矢先に土器がでてしまったというわけだ。

「おはようございます。噴火湾歴史センターで調査部長を務めている作間です」

部長の挨拶《あいさつ》につづき、甘内も現場監督と名刺の交換をする。

「調査部調査二課、主査の甘内映子と申します。このたびは埋蔵物出土のご連絡をいただき、ありがとうございます」

「では、こちらへ」

薄手の簡易ヘルメットの上からレインコートのフードをかぶり、作間と甘内は現場監督に案内されるまま、まずは背の高さほどの盛り土に近づいた。作間がブルーシートの一部を斜めに捲《めく》りあげると、さっそく掌《てのひら》ほどの大きさの破片が数枚目に入った。うち一枚を手にとってたしかめる。縄目の文様《もんよう》が刻まれた表面。焦《こ》げ痕《あと》がつき、ややざらざらとした裏面。厚手のビスケットのような質感だが、つよくつまめば簡単に崩れそうな脆弱《ぜいじゃく》さが指先から伝わってくる。断面をみると、褐色《かっしょく》の粘土《ねんど》層にはさまれて、サンドイッチの具のように黒色の層が確認できた。混和材《こんわざい》としてつかわれた植物繊維が炭化したもので、この地域では主に縄文前期の土器にみられる特徴だった。いっぽうで、土器片が含まれていたのは、深さ数十センチ以内の表土層と聞いている。胸が大きく打って、甘内は息苦しさを感じた。

「俺は気づいてなかったんだけど、監督が土の山にそいつをみつけて作業をとめたわけ」

五十代にみえるオペレーターが訊かれもしないのにそう話した。工事の停滞が気に入らないのだろう、口調には非難の響きが含まれている。それを受けて監督が、

「万が一なにか出土した場合は、すみやかに報告するよういわれてましたから」

といった。彼はつづいて作間と甘内を穴のそばに誘導した。穴を覆うブルーシートが雨で打楽器のように鳴っている。それがなにかの警告のように思えて、甘内の歩幅は小さくなる。傍《かたわ》らには、埋蔵物を掘り当てた中型の油圧ショベルが、アームの鎌首を曲げてとまっていた。先端のバケットは幅一メートル弱で、標準容量はおそらく四百リットル程度——容積だけでいえば家庭用の大き目の浴槽といったところか。

現場監督が捲ったシートの隙間から、甘内は懐中電灯の光を射し込んだ。底の黒土のところどころに、茶色がかった白い塊《かたまり》が浮きあがってみえた。写真では曖昧《あいまい》だったが、たしかにそれは複数の骨で間違いなさそうだった。バラバラの状態というよりも、全身骨格の一部が、数か所で露出しているような印象だ。しかも、露出部分から推測される形状やサイズからして、甘内には人骨の可能性がきわめて高いように思われた。心臓がいっそう大きく弾む。丸みを帯びたひとつ

は頭蓋骨《ずがいこつ》だろう。

「作業をとめた時点では、ショベルのバケットはすでに次の土を掘りかけていました。現場保存を優先すべきと考え、土はすくいあげずアームだけ戻すよう指示したんですが、その際、バケットの先端が食い込んでいた部分から……」

遺骨が姿をあらわしたというわけだ。

「でもよかった、雨の流入がこの程度で済んで。気になって五時にはここにきたんですけど、そのときシートが風で捲れてたんです。降りだすのがもう少しはやかったら、穴のなかがプールになるところでした」

監督はそういってブルーシートの固定が甘かったことを詫《わ》びた。実際、底には泥水がたまりだしている。予報より遅れ、雨は午前四時を過ぎて降りはじめた。寝坊しないよう緊張するあまり、甘内は小雨の音で目を覚ましたのだ。

あの黒い泥土の下に、まだ遺体の大部分は埋まっている。そう思うと、甘内はたまらない気持ちになった。

「部長、人骨の可能性がある以上、急ぎ警察への通報を済ませましょう」

目の前のものが人の遺骨だとすれば、現状のそれは警察が扱うべき〈変死体〉である。すでに発掘から半日経過しており、一刻もはやく通報するのが賢明だ。土器についても発掘当初はあくまで〈拾得物〉であり、やはり警察への届出が必要となる。

着信音が鳴り、スマホの画面をみた杉谷が「失礼します」といってプレハブの現場事務所へ駆けていった。雨はつよくなりつづけ、フードを烈《はげ》しく叩いて会話まで邪魔しはじめていた。

「甘内、通報を頼む。きみも事務所を借りてこい」

作間から指示がでる。ポケットのスマホをレインコートの上から確認し、甘内は泥を跳ねあげて走った。

工事がはじまったばかりだというのに、事務所にはもう煙草《たばこ》のにおいが染みついていた。

「もしもし、わたくし噴火湾歴史センターの調査員をしている甘内と申しますが——」

一一〇番ではなく宮雲警察署に電話をし、当直の警察官に白骨発見の経緯を伝える。レインコートを脱いで熱を逃がそうとしたが、汗のにおいが気になりすぐにジッパーをあげた。

「はい。掘ったのは昨日ですが、今朝になって骨らしきものが確認できまして——」

経緯を伝えているときだった。

(——ん?)

足の裏が床の振動を感じとった。デスクに置いたヘルメットがくるりと半円を描く。

(地震……?)

同じく異変を感じたらしい杉谷が、スマホを耳にあてたまま窓に近寄り「あれ?」と困惑の声をあげた。雨音の向こうに重機のエンジン音が聞こえる。まさか——。

「すみません、そういうことなので、お願いします」

甘内は早口で電話を切って、小屋の外へ飛びだした。油圧ショベルのアームが動いている。フードもかぶらず、甘内は現場監督のもとへ駆けた。

「ちょっと! なにしてるんですか」

「なにって……部長さんから骨をあげるよう指示があったものですから、そのとおりに」

若い現場監督が目をしばたたかせた。甘内は動きをとめたショベルのそばに歩み寄った。地表に接地されたバケットのなかで、頭蓋骨が斜めにこちらを向いていた。近くでみる骨は、縄文土器より深い場所に眠っていたわりに、それほど古いものには思えない。

「通報は済んだのか」

作間がこちらをみずに訊ねてくる。

「……済みました」

濡れて濃さを増しつづける腐葉土《ふようど》のにおいに、甘内は吐き気をおぼえた。

「……部長、どうしてこんな真似《まね》を……近くで確認したいというなら穴におりれば済む話です。人骨の可能性を認めながら現場を荒らしたと判断されたら、面倒なことに」

「大丈夫だ。この骨には、警察もわれわれも、もう用がない」

ショベルの操縦室から「工事はいつになったら再開できるんだ」と叫ぶ声がした。甘内は首に巻いたタオルで顔を拭《ぬぐ》いながら、「知らないよ」と呟《つぶや》いた。


通報から三十分あまり、宮雲警察署から車両三台が駆けつけ現況確認がはじまった。

「昨日のうちに骨の出土を認識していながら、その時点では通報せず、今日になってさらに現場を掘り返したと、そういうことですか？」

警察は当然その点に疑問を呈した。骨と確信できたのは今日になってからで——そんな弁解をしたところで、「そうですか」とは済ませてもらえない。

午前十時過ぎ、遺体——完全に白骨化していた——の回収が済み、甘内らは一旦解放されることになったものの、あらためて署へ出頭し聴取を受けることが決まった。その旨《むね》を電話で総務課長に告げると、「いったいなにをやってるんだ！」と怒号が飛んできた。怒鳴るなら部長を……とは返せなかった。

帰りも作間の運転で、移動のあいだふたりは一切言葉を交わさなかった。センターにつき、ベルトを締めたまま運行記録表に走行距離を書き入れる作間に「うしろの荷物、おろしておきますか?」と訊ねると、「やっておく」という言葉だけ返ってきた。甘内はぶっきらぼうに「お願いします」といって車をおりた。正直、頭にきていた。

整理棟の入口でレインコートを脱ぎ、替えのソックスをもってくるべきだったと悔やむ。調査室へ入ろうとして、ふと今日が遺骨の搬出日だったことを思いだし、収蔵庫へ向かった。すると通路の搬出口のそばに鮎沢がひとり立っていた。

「おかえりなさい。火葬場への搬出車なら、ついさっき出発したところです」

「行き違いだったのかな。ぜんぜん気づかなかった」

車内では、ずっと自分の膝《ひざ》に置いた拳をみつめていた。

「手伝ってくれたの?」

「特別展の展示品を移している最中に骨の搬出がはじまったものですから。棚から車まで手渡しリレーでコンテナをはこぶというので、メンバーに加わりました」

遺跡の多い街にあって、センターにおける出土品収納スペースの逼迫《ひっぱく》は大きな問題になっていた。収蔵庫の棚は、グレーの箱型コンテナで、ほぼいっぱいだ。市が解決に向けた協議を繰り返した結果、近年出土し、とりわけスペースを圧迫している明治から大正にかけての人骨が俎上《そじょう》にのぼった。そもそも、近代の出土品についての扱いが曖昧だったことが問題視された。最終的に市は、

『明治以降のものと推定される人骨については〈文化財〉ではなく〈行旅《こうりょ》死亡人〉として扱い、火葬のうえ官報に掲載し引き取り手があらわれない場合は市営墓地に再埋葬する』

という規定を設けた。これに従い、センターに保管されていた近代の人骨は順次搬出されることになったのだ。

「処分予定は……あとこれだけか」

人骨収納用のコンテナは、幅と奥行きが七十センチ×五十センチ程度と大型で、高さも三十センチほどと深型のため、棚のなかで場所をとる。

「ところで骨といえば、なにやら面倒に巻き込まれたとか」

「ずいぶん耳がはやいのね」

すでにセンター内で噂《うわさ》はひろまっているということか。

「午後は警察署に呼ばれていて。鯆沢さんは引きつづき、特別展の準備をしておいてもらえますか。ひとりでたいへんだと思うけど……」

尻すぼみの指示を遮《さえぎ》って、背後から「甘内さん!」と総務課の門田の声が飛んできた。

「ここにいたのね。うちの課長が呼んでるから、はやく会議室に」


部屋の中央にパイプ椅子がひとつ。それを総務課長が無言で示す。警察の事情聴取の予行演習かと思うほどの厳しい訊問に、甘内は採用試験の圧迫面接を思いだした。十二時を十分過ぎて課長がようやく時計に目を向け、「警察署から戻ったらすぐに報告を」といって手ではらうように退室を促した。わたしは蝿《はえ》か。

味のしない昼食を済ませ、作間部長の顔をみたくなかったので自分の車でさっさと警察署にでかけた。聴取では、昨日からの経緯を訊かれるまま話す。

昨日のうちは骨かもしれないという程度で——埋もれた状態でも人骨と推測することは可能

——わたしは通報の最中で部長の指示を直接聞いたわけでは——。

午後三時、センターに戻った甘内はふたたび会議室で総務課長と向き合った。

「さっそく、取材の申し入れと会見予定の問い合わせがきています。いずれ説明の場を設けると回答したところで、マスコミは勝手に押しかけてくるでしょうし、すでにネットには『上輪山の工事現場で人骨発見。通報までの経緯に不審な点あり？　警察が関係者を聴取』といったタイトルの速報記事がでています」

スマホを机に置いて、課長の鋭い視線がこちらに向く。

「ひとつ確認したいことがあるのですが、作間部長があのような愚行に及んだ理由について、なにか心当たりがありますか？」

「いえ、ありません」

「ほんとうですか？」

「ほんとうです。逆に訊かせてください。部長は課長になんと説明したんでしょうか」

「出土した土器の印象はどうでした？」

こちらの質問にはこたえない。勝手なものだ。

「印象といいますと……」

「わかりきっているでしょう。田原元課長がセンターから盗みだした土器という可能性があるのか、それを訊いてるんです」

甘内の鼓動がはやくなる。

「人骨の件で動揺し、そこまで考える余裕はありませんでした」

「……まあ、いいでしょう。ところで勤怠《きんたい》を確認したのですが、計画的な年休取得をお願いしているにもかかわらず、取得状況が芳《かんば》しくありませんね。聞いたところ、あなたのチームは現在それほど忙しくもないとか。配属されている整理作業員も一名のみ」

「いや、べつに暇というわけでは」

「年休は最低五日は消化してもらわねばなりません。いまやそれが労働者の義務です」

「つまり……休めということですか」

「取材の窓口は少ないほうが望ましい。メディア対応は総務課で一括しておこないます」

「しかし特別展の準備もまだ途中で――」

「特別展は中止が決まりました。撤収作業は急がずともけっこうです」


調査室に戻ると、鲉沢は新聞を一面にひろげた作業テーブルで、土器の修繕に勤《いそ》しんでいた。展示室への運搬途中に衝撃で割れてしまったものだ。うしろから覗き込んで、

「あ、〈圧痕土器《あっこんどき》〉だね」

と声をかけた。それは、鲉沢がセンターで働くきっかけをつくった土器だった。

――今年の三月。小・中学校の春休み期間に、ミュージアムでは『縄文人の暮らしと虫』という企画展をおこなった。

発掘される虫の化石から当時の生活環境を推測する研究は従来よりされてきたが、近年は土器に練り込まれた虫に注目が集まっている。原料粘土に混入した虫自体は、土器を焼きあげる段階で燃えて消えるが、痕跡としての空隙《くうげき》は残る。これを〈圧痕〉と呼び、樹脂で型をとることにより、そこにいた虫の模造品――レプリカが得られる。

二〇〇〇年代に入り、この手法を用いた研究で縄文土器からコクゾウムシがみつかった。漢字

で穀象虫と書き、米を食害することで嫌われる虫だ。本州でいう弥生時代に、大陸から稲作とともに渡来したと考えられていたが、それが縄文時代に存在したという発見は考古学上の新たな知見だった。数年前、ある大学の研究者の依頼に応じて調査を受け入れ、センター保管の土器からも、コクゾウムシの圧痕が数多くみつかった。

その日、展示の案内役を引き受けていた甘内は、圧痕土器の前に長く足をとめていた男性に話しかけた。

「熱心にご覧になってますね。レプリカもご覧になりましたか？」

甘内は顕微鏡《けんびきょう》を示して訊ねた。顔料で黒く着色されたレプリカは、本物さながらだ。

「ええ。じつに愛らしい虫です」

とはいえ米袋のなかにみつければやっぱり憎らしいですが——と付け加え、彼は静かなミュージアムに「あっはは」と笑いを響かせた。どこにも「爆笑禁止」とは書いていないから咎《とが》めることはしなかった。たしかに象の鼻のようにのびた口吻《こうふん》には愛嬌《あいきょう》がある。甘内は彼に土器自体の説明をした。

「土器は約四五〇〇年前のもので、基本は平底・円筒のバケツ形ですが、縄文中期に特徴的な装飾性が認められます。波打つように成形された口縁《こうえん》に、ボタンみたいな突起や粘土ヒモを巻きつけた隆起。文様を超えた立体的なデザインが奇抜です。当初の目的であった〈煮炊《にた》きの用具〉という実用性から〈祭祀《さいし》の器具〉という象徴性への変遷《へんせん》がみてとれるかと。実際この土器には、食料を調理した焦げ痕がありません」

虫は偶然に混入したのではなく、意図をもって粘土に埋め込まれたとする説もある。

「食料といえば、当時のコクゾウムシはなにを食べていたのでしょう」

「人間が貯蔵していた栗などの堅果《けんか》を食していたと考えられています」

「はるか昔から、人は虫による食害に頭を悩ませていたわけですね」

彼との会話は楽しかった。会場にはほかに誰もいなかったので「土器に触ってもいいですよ」と囁《ささや》くと、彼は「ええ？」と驚いた顔をした。

「職員はみんな素手で触りますから」

「それはプロだからであって……」

「アルバイトの人たちもです。この土器だって、去年入ったばかりの作業員さんが復元したんですよ。もし興味がおありでしたら、ちょうど四月採用の募集をしているところなので応募してみてください」

「親戚を訪ねて久しぶりに北海道にきていたのですが、なるほど仕事があれば、もう少し滞在するのも悪くない……」

もちろん甘内にとって最後のやりとりは冗談のつもりだった。だから三月末の試験会場に彼があらわれたとき、試験官だった甘内は思わず指さし「わっ！」と叫んでしまった。

甘内の下に配属されて約半年。最初は一日中おろおろしていた鮃沢だったが、抜けているようにみえて案外勘がよく、次第に無駄な動きがなくなった。いっぽう話は回りくどくオチを見失うこともしばしばだったが、職場では意味のない会話こそ息抜きになるものだ。気のはやい話だが、来年度の採用にも応募してくれたらいいのにと、甘内は密かに思っている。

修復を試みていた鮃沢は、破片の欠落した部分を茶色い樹脂で補塡《ほてん》し終え、

「乾いて光沢《こうたく》が消えれば撮影できます」

といって甘内を振り返った。朗らかな声色に胸が痛む。

「上輪山の件が問題になって、特別展、中止になっちゃった」

どんな顔をするだろうと思ったら、どんな顔もしなかった。鮎沢は、ただ「そうですか」といった。鼻の先に樹脂がついている。乾いたら落ちないよ。

「せっかく準備したのに残念じゃないの？」

「今朝の件を耳にして、その可能性もあると思い、落胆へ心の備えをしていました」

「勘がいいのね。ついでにいうと、わたし明日からしばらく休みます」

「ええ！」

そこまでは予想していなかったらしく、鮎沢は大袈裟《おおげさ》だと思うくらい驚き、おまけにちょっと悲しそうな表情をみせたので、甘内はなんだか嬉しかった。

「というわけで、ぜんぜん急がないけど、わたしがいないあいだ展示室の撤収作業をお願いします……はあ、今日はもう疲れたよ……」

「おっ。合言葉がでましたね」

「今日、久しぶりにどう？」

「ええ。よろこんで」


「この新作はイケてるね」

秋限定〈トスカーナ産マロンとマスカルポーネのパフェ〉を夢中で半分ほど食べすすめ、ようやく甘内は感想を口にした。鮎沢は〈二種の葡萄《ぶどう》のトライフル〉を注文。こちらはシェリー酒で湿らせたスポンジの上に、二種類のマスカットと二種類のクリームを層状に重ねたスイーツである。

甘内は仕事で厭《いや》なことがあったとき、いつしか鲄沢を誘って街はずれのカフェ・レストランを訪れるようになった。どんなに望んだところで、鲄沢はきっとこの一年でセンターをやめ、宮雲を離れてしまうだろうという確信が甘内にはあった。これまで聞いたエピソードから、彼がそんな暮らしを好んでいることはじゅうぶん知れた。風来坊《ふうらいぼう》相手の気安さと、彼の口のかたさへの信頼から、この店の二階の隅で彼に愚痴《ぐち》をこぼすのが、甘内の習慣のひとつになっていた。それは今日とて例外ではない。

「なるほど、調査部長ほどの人が、人骨とわかってそれを掘り起こすというのはたしかに軽率すぎます」

「虫仲間としても、そう思う?」

「いま虫が関係ありますか」

遺跡からみつかる動植物の痕跡に触れることで、身近な生き物に興味をもつようになる調査員は多い。作間部長は虫に詳しく、発掘された化石といつでも比較できるよう、デスクの抽斗には自作の標本が収められている。鲄沢をセンターに呼び寄せた春休みの企画展も、彼の発案だった。

「部長のことですから、もちろんなにか理由があったのでしょうが……ところで話のなかにあった『センターから盗みだした土器』というのは、いったいなんのことですか」

質問に、甘内はコーヒーを揺らしながらこたえた。

「以前、調査部に田原《たはら》さんって人がいて」

久しぶりに口にする名前。それだけで呼吸が少し浅くなる。工事現場で土器の欠片《かけら》を手にしたとき、総務課長の口からその名が飛びだしたとき、やはり甘内はうろたえた。

「課長だったんだけど、その人がね、遺跡の捏造《ねつぞう》騒動を起こしたの。わたしが入って二年目のことだから、もう八年も前」

「捏造とは穏やかではありませんね」

むずかしい顔で話を聞く鲄沢だが、トライフルを口にはこんだときだけ、唇の端に笑みが浮かぶ。

「八年前の十一月、もうじき雪が降るという頃に、田原さんは他人の土地へ無断で侵入して聴取を受けた。深夜に畑に入ってスコップで穴を掘っていた姿を、獣害パトロールにやってきた土地の所有者に見咎められて警察に突きだされたの」

なるべく彼の顔を思いださないようにして話をつづける。

「警察が現場を確認し、掘り返された痕跡がある地点をさらに掘ってみた結果、そこから縄文土器の破片が十点みつかった」

噴火湾歴史センターの課長が、土器を埋めて遺跡を捏造しようとした——噂はすぐに街を駆け抜けた。その衝撃に揺れたのは、もちろん市とセンターだ。調査部門の職員は要請に応じるまま警察に出向き、発掘された土器を確認した。その場には甘内もいた。

破片の質感、厚み、断面にみられる炭化した植物繊維、裏面の焦げ痕……年代分析にだすまでもなく、本物の縄文土器だと意見が一致した。実際その後の解析で、五五〇〇年ほど前の縄文前期の土器片であることが判明する。

「わたしたちは出土品の写真撮影を許可してもらい、その画像を過去の遺跡調査報告書に記載されている図版と照合した。知ってのとおり、復元に至らず破片のままで終わってしまった土器は、ほとんどの場合わざわざ報告書に図が掲載されたりはしない。けれどたまたま一点、酷似している破片の載った二十年前の報告書をみつけることができた。ほかの九点のなかにも、その遺跡の保管品と接合するものがみつかった」

　パズルのように隣り合う破片をみつける作業を接合と呼び、その結果大きなまとまりをつくることのできた土器片だけが、復元という次のステップに移行される。

「要するに田原さんは、センターからもちだした土器を他人の土地に埋めていたの」

　窃盗《せっとう》の疑いも加わり、警察は田原を逮捕した。保管された土器片には出土時の情報が小さな文字で直接記されているが、それらは消すことも、割って除くこともできる。

「しかし、ずいぶん杜撰《ずさん》な捏造ではありませんか？　畑を掘って土器を埋めたくらいで縄文時代の遺跡を偽装できると、専門家である調査課長が考えるでしょうか？」

　魞沢のスプーンは、トライフルに、きれいな層の覗く断面をつくる。

「誉《ほ》めるわけじゃないけど、そこが田原さんの巧妙かつ狡猾《こうかつ》なところだった」

　出土品がみつかったからといって、ただちに本格的な発掘がはじまるわけではない。宮雲市の場合、まずはセンター調査員が小規模な予備調査をおこない、正式な発掘調査へ移行すべきかどうか——調査するだけの価値がある場所かどうか——を判断する。当時、その予備調査の多くに派遣されたのが田原だった。

「宮雲はもともと遺跡の多い土地だから、予備調査の範囲をひろくとって念入りにおこなえば、本物の遺物や遺構にぶつかる確率は高い。田原さんは、その塩梅《あんばい》をコントロールできる立場にあった。街では、彼のしたことは『遺跡の捏造』だといわれるけれど、正確にいえば『調査候補地の捏造』だったの」

「なるほど見事な作戦です。あ、誉めてませんよ」

「誉めてるじゃない、どう聞いても」

「田原さん自身は、事件についてどう話したのでしょう?」

「当初、土器については『知らない』の一点張り。他人の畑に入って穴を掘ったのは、家庭ゴミを捨てるためだったと供述したけれど、そんなゴミはみつからなかった」

田原は検察へ送致される。センターへの批判もつよまるなか、事態を早急に収束させるため総務課長が面会に出向いた。

——このままでは起訴もあり得る。素直に認めれば土地所有者は示談に応じるといっている。

説得を受け、田原は「土器を埋めるため畑に侵入した」と自供する。ただし埋めた土器の由来については「個人の所有物」と供述。家宅捜索で土器は一点もみつからず、彼がセンターから出土品をもちだした明確な証拠はでてこなかった。センターが盗難の被害届をとりさげたため、田原は窃盗罪について逮捕から二十日後に不起訴処分で釈放された。

「田原さんはセンターに戻ってきたけれど、調査部から資材課へ異動となり、そこでも仕事を与えられることなく、報告書や調査時の野帳《やちょう》が収蔵されたミュージアム棟の資料室に、ただ一日中こもっていた」

職員から犯罪者をだしたくないがために不起訴にもち込んだセンターだったが、不起訴になった以上簡単に解雇もできないというジレンマがあった。田原を閑職《かんしょく》に追いやることで自主退職を促したのだ。

その頃、退勤時刻を過ぎて整理棟にやってきた田原が、作間部長の部屋に入っていくのをみた職員がいる。漏れ聞こえた会話から、田原が調査部門への復帰を懇願しているように感じたという。

——お願いします。部長から話してください。

——わかっている。もう少しだけ待ってくれ。

「捏造の動機については？」

「自供の際に本人が語った理由は三つあったそうよ。ひとつは、宮雲市民が遺跡の価値を理解せずセンターの予算が年々削られていく現状への不満。次に、世界遺産登録を目指す〈北海道・北東北の縄文遺跡群〉のなかに、宮雲の遺跡が一点も含まれないことへの不満。最後は、その不満を解消するための広範囲にわたる発掘の実現」

——作間部長と、よく話すんだよ。あれだけいろんな場所から遺跡がでてくる土地なんだから、余白を埋めるみたいに行き届いた調査さえできれば、宮雲にも、青森の三内丸山《さんないまるやま》に匹敵する規模の集落連合が姿をあらわすはずだって。

事件前の休日、田原とふたりででかけた函館の岬《みさき》で、津軽《つがる》と下北《しもきた》の両半島を眺めながら、彼はそう話した。長く封印していた記憶は、そのぶん風化することなく鮮《あざ》やかな色を保っていた。

「いま、田原さんというかたは……？」

「不起訴が決まって約三か月後、七年前の三月に突然いなくなってしまった」

「いなく……」

「センターにこない。家にもいない。みかけた人もいない。市外に住むご両親が捜索願をだしたけれど、結局行方《ゆくえ》はわからないまま……失踪の半年後、彼のズボンだけが噴火湾をはさんで四十キロ離れた対岸に漂着した」

甘内は慌てて右の目頭をおさえた。誤魔化《ごまか》す余裕もなく、涙が中指をつたう。

「ごめんなさい。新人の頃に、とってもお世話になった先輩で」

——大丈夫。最初からなんでもできる人なんていないんだから。作間さんはぶっきらぼうな人だ。いちいち気にすることはない。

──どうして田原さん、いつもそんなにやさしいんですか。

──センターに拾ってもらった当時の自分を憶えているからだよ。甘内さんを慰《なぐさ》めてるふりをして、ぼくはきっと、自分を慰めてるんだ。

「すみません。つらい話をさせてしまい」

「いいの。わたしがはじめたんだもん」

「………」

「急に黙らないで。気まずいじゃない。さっきみたいに遠慮なく訊いてよ」

「……お話の途中にちょっと気になった点が」

「なに？」

「当時、予備調査の多くに関わっていたのが田原さんだったとおっしゃいました。ということは、発覚した一件以前にも、田原さんが同様の行為をおこなっていた可能性が？」

「ほんと、ときどき妙に鋭いよね。公表されていないけれど、違和感のある土器の出土をきっかけに予備調査がおこなわれた例が、事件以前の二年間に七件あることがわかったの。作間さんがそのことに気づいて、田原さんに対する再度の聴き取りを総務課に提案したんだけれど──」

ちょうどその頃、田原の行方が知れなくなった。

「では、どこかに埋められたまままみつかっていない土器も……」

「あるかもしれない」

なるほど──といって、鯨沢がトライフルの最後のひと口を食べ終えた。

「今回の上輪山での土器の出土状況にも、違和感が？」

問われて甘内は首を縦に動かす。文化財包蔵地ではないと思われた場所の、それほど古い時代のものとは思えぬ表土層から出土した土器片——。

「発見状況を聞いたとき、調査員の誰もが田原さんとの関連を考えたと思う。どうして上輪山のような、当時まったく掘り返されるあてのなかった場所に埋めたのかという疑問はあるにせよ」

上輪山は従来、開発候補地に名前が挙がるような場所ではなかった。

「わたし自身、土器は田原さんが埋めたものだという仮定のもと現場へ向かった」

捨てたはずの過去から逃げきることができなかった。作間に同行を指示されたとき、甘内はそんなふうに感じた。

「では、土器の下に埋まっていた人骨については?」

「それは——」

嚙みしめた奥歯がギシと鳴る。

「田原さんの遺体かもしれない。少なくとも、わたしはそう思った」

失踪した田原——捏造と似た状況で出土した土器——身元不明の人骨。遺体が田原と結びついたのは当然の連想といえた。

「だから、とにかく一刻でもはやく警察に通報しなければと考えた」

あの真っ黒な泥の下に埋まっているのが田原だと思ったからこそ、甘内はたまらない気持ちになって通報を進言した。

「もし遺体が田原さんなら、あの穴からは、彼を埋めた何者かに結びつく痕跡や遺留品がみつかるかもしれない。それらが雨で流れてしまう前に一刻もはやく——」

そのときだった。甘内は自分の口からでた言葉のもつ意味に驚き、息をとめて黙り込んだ。

「どうしました?」

「……ごめんなさい。今日は疲れすぎてるみたい。そろそろ帰りましょうか」

その夜、甘内は夢をみた。田原がでてきた。やさしかった。笑っていた。あのカフェ・レストランにいこうと誘ってきた。ごめん、もうあなたとはいけないの。どうして? マスターがきっとよけいなことを喋《しゃべ》るから。よけいなこと? そう、わたしがあなた以外の男性と食事にきてる……って。

目を覚まして天井をみつめた。

職場でいつも近くにいた上司と部下が、プライベートで友人のような関係になるまで、長い時間はかからなかった。田原は車の運転が好きで、いろんなところにつれていってくれた。修士卒だった甘内より十五も年上の四十歳で、けれどとてつもなく奥手で。おまけに下戸《げこ》だったから飲み物といえば、いつもコーヒーで。だからアルコールの力を借りてどうにかしてくることもなく……結局いつまで経っても、ふたりは年齢相応の振る舞いをする恋人同士にはなれなかった。

——宮雲にはたくさんの遺跡が眠っている。それをみつけたい気持ちはもちろんあるけれど、土を崩し、暮らしの記憶を暴き、死者の眠りを妨げる。その行為をなぜか当然の権利のように思っている人間の傲慢《ごうまん》さが、ぼくはときどき厭になることがあるよ。

そんなふうに語っていた、あの田原が、自身の願望を叶えるためなら犯罪も辞さない人間だったことを突きつけられて心が冷え、親しくしていた自分も犯行への関与を疑われるのではないかという不安に襲われた。だから逮捕後、甘内は一度も面会にでかけず、彼がセンターに復帰したあとも距離を置きつづけた。失踪したと聞いたときも、ズボンが遠い海でみつかったと知ったときも、ひたすら感情の波をおさえつづけた。もしあのとき、わたしが彼を支えてあげていたら――そう考えだせば、自分が壊れてしまうと思ったから。

田原と訪れた店に、ほかの男性とでかける。誰かに話せば矛盾した行為といわれるかもしれない。そのたびに、忘れようとした人を思いだすじゃないか……と。けれど甘内にとって必要だったのは、記憶を上塗りすることだった。田原との思い出を、ほかの誰かとの思い出で塗りつぶすことだった。だって自分はここで働き、ここで生きていかねばならないのだから――。

鯱沢は決して田原の代替品《レプリカ》ではない。けれど、鯱沢との記憶が増えることで相対的に田原の記憶が薄くなるのなら、それは甘内にとって救いなのだ。

有給休暇と謎の在宅勤務指示、最後はろくに外出しなかったのに風邪をひき、結局ほぼ一か月センターに出勤しなかった。そのあいだ幾度か警察署に呼ばれ聴取を受け、地元放送局が田原元課長の事件を引き合いにだし『噴火湾歴史センターでまた不祥事』と騒ぎ立てるニュースをみて、ときどき缶ビールを飲んだ。

十月二十四日、ほぼ一か月ぶりに出勤すると、開催されなかった特別展の片づけは当然のように済んでいた。席につくなり総務課長から呼びだされ会議室へ向かった。話が済み、甘内は熱がぶり返したみたいにふわふわした足どりで、渡り廊下を兼ねた収蔵庫に入った。

「甘内」

不意に声をかけられ、出土品のコンテナが収められた棚のほうへ顔を向けると、作間部長が立っていた。上下カーキ色の作業着に銀縁《ぎんぶち》のメガネ。頭にペイズリー柄――部長は頑《かたく》なに勾玉《まがたま》模様と呼ぶ――のバンダナを巻いた、いつものスタイルだ。顔が少し細くなったように感じるのは、ひげが伸びたせいだろうか。

「お久しぶりです。部長はずっと出勤だったんですか？」

平静を装ったつもりでも、声が上擦《うわず》った。

「いや、警察からの呼びだしが多くてな。先週までほとんど休業状態だ」

「わたしと似たようなものですね」

あの日以来、作間とこうして話すのはこれが最初だった。

「なにかさがしものですか？」

「きみを待っていた。ミュージアム棟にいったと聞いて……きみには謝罪しなければならない。面倒に巻き込んでしまい、すまなかった」

はじめて自分に頭をさげた部長に、甘内は問いかけた。

「どうしてあんなことをしたんですか」

「軽率だった」

「理由を訊いています」

「それは――」

「発見された人骨は田原課長かもしれない――そう考えたからですか？」

作間の口の動きがとまる。

「少なくとも、わたしは骨と田原さんを結びつけて考えました。わたしだけじゃなく、現場の報告を聞いた職員の誰もが、その可能性を脳裡《のうり》によぎらせたはずです」

「仮にそう思ったとして、なぜわざわざ掘り返す必要があるというんだ？」

「休んでいるあいだ、ずっと考えていました。わたしがだした結論はこうでした。部長は遺体を田原さんかもしれないと思ったわけじゃない。遺体が田原さんであることを知っていたにちがいない」

「…………」

「あの遺体が田原さんだとすれば、着衣もない状態で土に埋まっていた彼は、当然事故死や自然死ではありません。つまりあの場所は死体遺棄事件の現場ということです。そこには当然、犯人に結びつくなんらかの痕跡が残っているかもしれない。臆病な犯人はそのことが急に不安になって、現場をショベルで攪乱《かくらん》するよう指示をだした」

「つまり田原を埋めた人物というのは――」

「作間部長です」

「……本気でいっているのか」

「はい。あの日の夜から今日の朝まで、ずっとそう思っていました。それ以外には、部長の行動に説明がつかないと。……つい先ほど総務課長から遺体の鑑定結果を聞くまでは」


――上輪山の工事現場でみつかった人骨の件で、宮雲警察署から内々に連絡がありました。

総務課長は、右手で左手の指を揉《も》みながら、甘内に説明した。

――鑑定の結果、ほぼ全身の骨が残っており、性別は男性、年齢は二十代から五十代。完全に白骨化していて特記すべき損傷が見当たらないことから、死因は不明。死後百年程度経過しているとみられるため事件性なしと判断。当該遺骨は、市教育委員会の管轄《かんかつ》となり当センターに扱いが委ねられますが、近代のものと推定される人骨は、現在の市の規定において文化財とはみなしません。よって追加の調査・分析はおこなわず、当然保存に関する処理等も不要です。いずれ、うちで保管しているほかの近代の人骨同様、火葬のうえ官報に掲載され、その後は市営墓地に埋葬されることになります。

「この一か月、わたしは部長が田原さんを殺害した犯人だと思いながら、遺骨の鑑定がでるのを待ちつづけてきました」

「一緒にでてきた土器については、どう説明するつもりだったんだ」

「遺体を埋めるとき、田原さんが捏造用の土器を所持していたことに気づき、処分に困って一緒に埋めることにしたのではないか……と。現場作業員の証言では、土器は人骨より浅い位置から出土したことになっていますが、掘りだした時点で土器の存在に気づいたわけではありませんから、どの程度の距離が土器と骨のあいだにあったのかは曖昧です。実際は、骨とほぼ変わらぬ深さに埋められていた可能性もあります」

「遺体が全裸だったのは？」

「衣服を海に捨てることで死亡現場を偽装するため……あとは、遺体に身元判明につながる手がかりを残さないようにするため」

「手がかりを残さないという理屈は、土器を一緒に埋めたことと矛盾しないか？」

「……はい。します」

「田原の死体が埋まっていた現場を、かつての上司であるわたしが乱したとなれば、殺人と死体遺棄の疑いは真っ先にわたしに向くだろう。軽率どころか、そんな危険を、犯人自身が冒すと思うか？」

推測を非難する言葉とは裏腹に、作間の表情には、甘内を慰めるような笑みが浮かんでいた。

「浅はかでした」

「休みのあいだメールや電話に一切応じなかったのは、その臆測が理由か」

「申し訳ありません。混乱していました。向き合うことを避けていた田原さんの死が、急に目の前にあらわれた気がして……」

甘内は腰を深く折った。

「人骨が田原さんだと思い込んでしまったわたしにとって、遺体を乱暴に掘り返した部長の行為は許せるものではありませんでした。田原さんに、なんの手もさしのべなかったわたしに、そんなことをいう資格がないことはわかっています。でも――」

「わたしが田原を殺したのだとしたら、動機はなんだと思ったんだ」

「資材課に配属後の彼が、部長になにか頼んでいるのを聞いた同僚がいます。調査部に復帰させてほしいという田原さんの懇願を拒んだ部長が、なんらかのはずみで……そんなふうに推測しました」

「田原とわたしが出会ったのは二十年前だ」

作間の声色は、先ほどまでとは打って変わって穏やかなものになっていた。

「彼は大学院で考古学を修めたものの大学に職が得られず、教授の恩情で研究補助をつづけていたがそれも打ち切りとなり、短期雇用の整理作業員に応募してきた。一年間働く様子をみて、わたしは彼の実直な仕事ぶりに感心するとともに、不器用なほどまっすぐな真面目《まじめ》さが、他者を出し抜く成果が求められる大学の研究者には不向きだと感じた。しかし遺跡の調査員ならば話はべつだ。当時調査課長だったわたしは、総務と役員に人員不足を訴え、田原を正職員に登用した。わたしもまだ三十代の若さで、薄い頭を隠す必要もなかった」

そういって作間はバンダナを巻きなおした。

「研究とちがい調査にロマンは不要だ。調査が済めば、工事の継続によって今度こそ永遠に破壊される遺跡を、どこまで正確に記述することができるか……われわれに求められるのはその一点のみで、報告書には事実だけが記されればよい。田原はわたしが見込んだとおり有能な調査員だったが、研究者としての性質を捨てきれないところがあった。報告書のなかでときに論理は飛躍し、考察に過度な主観が入り込む。わたしはそれを注意しながら、いっぽうで微笑《ほほえ》ましくも感じていた。あるとき田原は過去の報告書を数冊引っぱりだして、単独の遺跡調査では意味をもたなかった各々の柱の痕跡が、一本の長大な線を描く可能性を示してみせた。わたしが共著のかたちで短いジャーナルを学会誌に投稿すると、彼は大いに喜んだものだ」

「田原さんに読ませてもらったことがあります」

「だが、いま思えばそれが彼の犯罪を生むきっかけになったのかもしれない。彼はいつしか、宮雲の地に巨大な縄文集落連合が存在したという仮説をもちはじめた」

作間は一瞬つらそうな表情をみせ、それを隠すように口もとを手で覆った。

「そう考えだせば、それが発見されない現状がもどかしくなってくる。遺跡の価値を認めず、小さな市に立派なセンターは不要だという市民の声にも過剰に反応し、苛立《いらだ》ちを示すことも度々あった」

甘内には苛立ちをぶつけられた記憶はない。ただ、ある時期を境に、ふたりでいても思い詰めた様子で黙り込むことが多くなったのはたしかだ。夜に電話をかけても電源を切っている頻度《ひんど》が多くなった。気になって田原の家の前までいってみたこともあったが、そんな夜は決まって車がなかった。ほどなく田原は事件を起こし逮捕された。

「資材課に配属後の田原とわたしがふたりきりで話していたのは、おそらく彼の捏造の追加調査の件だったと思う」

「過去の遺跡のなかにも、田原さんが土器を埋めたことがきっかけとなって発掘がはじまった例があるのではないか……その検証についてですね」

「過去の遺跡について発見の経緯を調べ、きっかけとなった土器の出土状況に不審点がある遺跡をリスト化していったところ、そのすべてに田原が予備調査員として関わっていた。疑いは濃厚だった。総務は抜き打ちの聴き取りを計画していたが、わたしは田原に追加調査の必要があることを事前に告げ、事実を隠さず話してほしいと頼んだ。それによっては、解雇ではなく自主都合による退職という道も残る。だが彼は頑として拒んだ。自分の潔白をわたしの口から総務や役員に証言してほしいと、無茶なことを求めてきた。わたしは彼の態度に危ういものを感じ、一旦なだめて説得を保留した。田原が行方をくらましたのは、その直後のことだ」

作間はメガネをとり、目頭を指先でつまんだ。

「あの場では、彼を追い詰めたわたしのほうが殺されることはあっても、その逆は起こり得なかっただろう」

「……そうでしたか」

当時の田原の状態を、距離を置いていた甘内は知らない。

「ご両親が捜索願をだしたあと、警察は田原の自宅をあらためて調べた。車が残されていたことから、なんらかの事件に巻き込まれた可能性も考慮してのことだった。そのとき警察が、あるメモを発見した。それに記された遺跡名は、わたしが作成した、発見時の経緯に不審点のある遺跡のリストと、ほぼ重なるものだった。おそらくは、田原自身が残していた犯行記録だったのだろう」

　はじめて聞く経緯だった。田原の失踪後、センターがこの件で再調査をおこなった事実はない。当事者がいなくなったことで、公表しない選択をしたにちがいない。

「捜索願がだされてから、すでに丸七年が経過した。おそらく田原はご両親の申請で失踪宣告がなされ、法律上の死亡が確定したはずだ」

「部長が上輪山で遺体を掘り起こしてしまった理由は、いったいなんだったんですか」

「センターで保管されている明治以降の人骨を、文化財ではなく行旅死亡人として扱う方針について、わたしが当初、反対の態度を示したことは知っているな」

　宮雲の歴史を知るうえで近代の人骨もまた貴重な出土品だとして、作間は新倉庫設立を市に要望していた。

「現場での行為は、新たな規定に対するわたしの反発……子どもじみた腹いせだった」

　作間が恥じるように目を伏せた。

「どういうことですか」

「人骨をひと目みて、わたしにはあれが、最近の骨でもなければ近世以前の古い骨でもない――すなわち、刑事事件の対象ともならなければ文化財にもならない近代の人骨だろうとわかった。だったら、捜査も調査も必要のない現場を荒らしたところでべつにかまわないだろう……そんな稚拙《ちせつ》な反抗心のようなものが急に湧き起こり、気づけば骨を掘り起こす指示をだしていた」

　――大丈夫だ。この骨には、警察もわれわれも、もう用がない。

「もちろん後悔している」

「簡単に後悔なんて口にしないでください」

甘内は思わず声を荒らげた。作間は驚いた表情で面《おもて》をあげた。

「たとえ文化財として扱われないものだからといって、部長がしたことは死者に対し、あまりにも敬意に欠ける行為です」

悔やみきれず、抱えきれもしない過去に苛《さいな》まれていた。そんな甘内の目を、作間はじっとみつめた。

「いま頃になって田原に似てきたな」

「………」

「きみのいうとおりだ。調査部の責任者として、あるまじき軽率なおこないだった」

収蔵庫から作間が去り、甘内は大きなひとりごとを口にする。

「今日はもう疲れたよ」

実際のところ、それはひとりごとではなかった。合言葉に応じて、通路の柱の陰から、小さな壺形土器を手にした魞沢が姿をあらわした。

「いやあ、気づかれてましたか。盗み聞きするつもりはなかったのですが」

「仕方ないよ。総務課へいく前に、ここでの作業をお願いしたのは、わたしなんだから」

魞沢の顔をみた途端、不思議と気持ちが落ちついた。

「もう十時だ。休憩しよう」

「その前に、この土器なんですが、どの棚に返せばいいかわかります?」

返却場所さがしに付き合っていると、近代の人骨を納めた棚の前に魞沢が立ちどまった。

「上輪山の人骨が届いたら、やはり置き場はこのあたりですかね」

「そうね。ひとまずここしか……」

ん？　棚に違和感をおぼえ、甘内は目でコンテナを数えはじめた。

「どうかしましたか」

「なんか……先月みたときよりコンテナが多い気がして……返却された空《から》容器が置いてあるわけじゃないよね」

鮴沢が蓋をずらしてなかを覗き、「どの箱にもしっかりいらっしゃいます」といった。

「いや、ごめん。わたしの勘違いだわ。棚の残数が七体で、最後の搬出予定も七体のはずだから、これで合ってる」

「しっかりしてくださいよ。休みボケじゃないですか？」

「鮴沢さんにいわれちゃおしまいね」

その日の夕方、七体の人骨の搬出予定日が翌週の金曜、十一月四日に決まったと通知があった。

十月三十一日、ついに初雪の予報がでた月曜日の午前十一時。ミュージアム棟二階の資料室で、甘内は調査報告書をさがしていた。間もなく搬出が終了する人骨群が埋葬されていた、近代の墓についてのものだ。

「あった」

三年前、工事の最中に発見された土葬墓地からは、最終的に四十一体の全身骨格と二百点の副葬品が出土した。遺体はいずれも死後百年以上経過していると鑑定され、一部カラーの図録にはすべての遺骨と副葬品の写真が収められていた。この当時は近代の人骨に関する市の規定がなかったため、まだ詳細な記録がなされていた。

甘内はページをめくって簡単に目をとおしたあと、二冊あったうちの一冊を資料室からもちだした。部屋をでたところで作間と会った。たしか会議に参加していたはずだ。

「会議のほうは？」

「いま終わったところだ。こんなところにいるのはめずらしいな。さがしものか？」

「はい。ちょっと報告書を」

作間の目が甘内の手もとに落ちる。

「せめて最後に搬出されるぶんくらい、図録と照らして確認しておこうと思いまして」

「いまさらか？」

「すみません。なんでも気づくのが遅いんです。このあいだ部長に対して、部長がしたことは死者への敬意に欠けるなんて、えらそうなことといいましたけど、わたし自身センターに保管されている人骨のことを『処分予定』だなんていったりしてたんです。敬意に欠けてるのはわたしのほうでした。あとは、この報告書を参考にして、そのうち搬入される上輪山の遺体についてもまとめておきたいと思って……」

「あの骨は調査不要だぞ」

「はい。わかっています。でも、わたしが出会った頃の田原課長なら、きっと報告書をつくっただろうと思うんです。なので個人的に残せるデータだけは残しておきたくて。業務じゃないとはわかっています。お昼休みとかをつかうんで、どうかやらせてください」

そのとき作間のポケットでスマホが鳴った。甘内は「失礼します」といって彼の横をすり抜けた。──もしもし──うしろから作間の声がついてくることに気づいた。階段をおりはじめても、彼の声は遠ざからない。──ああ、わたしだ。いや、結局検察からの呼びだしはなかったから書類送検は免《まぬか》れたらし……うわっ！

　え？　振り向いた甘内に作間の身体《からだ》がぶつかって、足が階段を離れた。


　目を覚ますと天井の蛍光灯が目に入った。

　甘内と蛍光灯のあいだに、総務課の門田の顔が割り込んだ。

「あっ、起きた！」

「よかった。気がついたのね」

　門田はあっという間に泣きだした。

「わたし……」

「作間部長とぶつかって階段を転げ落ちたのよ。ずっと意識が戻らなくて……そうだ、ご両親にも連絡しなきゃ。ついさっきまでおふたりともここにいて」

　どうやら病室のベッドのようだ。

「親が……？」

　意識はぼんやりとして、頭のなかに鉛が入っているような重さを感じる。

「そうよ。あたりまえじゃない。いま市内のホテルに……ええとスマホスマホ」

「待って門田さん。わたしと作間部長がぶつかったって、誰がいってるの？」

「部長本人が現場で話したの。スマホに意識をとられて、階段の途中で甘内さんとぶつかってしまったって。でも供述に不自然な点があるとかで、傷害容疑で逮捕されて勾留中。成り行きは甘内さんの証言次第ってところなんだけど、実際どうだったか憶えてる？」

　加害者である作間を庇《かば》いたい気持ちはあるが、被害者である甘内の気持ちをないがしろにはできない——言葉のなかに門田のそんな逡巡《しゅんじゅん》が感じとれた。

当の甘内は混乱していた。階段から落ちた前後の記憶が曖昧だ。

「大丈夫？　そうだ、まず最初にナースコールを押さなきゃいけないわよね。骨折とかはないから、意識さえ戻れば安心だってお医者さんが——」

「あの、今日は何日ですか？」

「十一月三日、祝日の午後三時よ。丸三日寝てたんだから」

「そんなに……休日にすみません。この花は門田さんが？」

ベッド横の卓上で、クリーム色のガーベラが窓の外を向きたがっていた。

「それは魞沢さん」

「へえ……」

「魞沢さんといえばね、昨日のことなんだけど、うちの課長が作間部長の面会にでかけるって話を聞きつけて『伝言をお願いできないか』って頼みにきたのよ」

「魞沢さんが部長に伝言？　いったいなにを」

「それがねえ……よくわからないの。『十一月四日まで待ちます』って、ただそれだけ。課長も首をひねってたけど、とりあえず伝えたみたいよ」

＊

十一月四日、金曜日。センターに保管されていた人骨の搬出作業がはじまった。残っていた七体をコンテナごとワゴン車に積み込むため、今回も手渡しリレーをすることになり、奥の棚から通路側の搬出口まで職員が連なった。搬出口からは容赦なく雪が吹き込んだ。

開始から三分、最後のコンテナが、ちょうど真ん中に立っていた魬沢の手にわたったところで突然リレーがとまった。

「どうしたの。はやくちょうだい」

隣の職員が伸ばした手から逃れるように、魬沢がコンテナを抱えたまま後退した。なにが起こっているのか誰も理解できなかった。搬出口のいちばん近くに立っていた大柄の調査員が、メガネを曇らせて魬沢に近づき、

「おい、どうした。さっさと終わらせるぞ」

と、寒さに赤らんだ顔をさらに紅潮させて語気をつよめた。

「すみません。この遺体だけは、まだ搬出するわけにいきません」

魬沢はコンテナを頭の上にもちあげた。

「おまえ……なに考えてるんだ？」

「もう少しだけ待ってください」

「変なヤツだとは思ってたけど、いよいよおかしくなっちまった……いいからよこせ」

調査員がコンテナを奪いとる。はずみで魬沢が転倒した。そのとき通路の向こうから、総務課長が腕を振って駆けてきた。

「ストップ！　全員作業ストップだ！」

大柄の調査員にぶつかる寸前で課長は立ちどまり、

「警察から骨の搬出を中止するよう連絡があった」

そういって、コンテナの蓋をとった。納められていた白い人骨は、百年以上前のものにしては、

傷《いた》みが少ないようにみえた。総務課長はふたたび蓋を閉じた。

「この件について、詳しい事情はのちほど説明する」

パトカーのサイレンが聞こえてきた。総務課長は手をさしのべて魞沢を起こした。

「これ以上の騒ぎは避けたいものでね。きみを転倒させた調査員とは、この場で和解してもらえるかな？」

「ええ。もちろんです」

作間部長が、田原元課長の殺害と死体遺棄について自供し再逮捕されたのは、その夜のことだった。

*

「ぼくはなにも気づいていなかったんです。ですが甘内さんが階段から落ち、作間部長がぶつかったせいだと聞かされ、現場に近代の土葬墓に関する報告書が残されていたとなれば、これまで起きたこととの関連を考えないわけにいきません。当然警察も、なにか隠された理由があるのではと疑ったからこそ、傷害容疑での逮捕に踏みきったのだと思います」

退院後の最初の土曜日、未明からの雪が降りやんだ午後。甘内は魞沢をカフェ・レストランにつれだした。魞沢は、快復したばかりだから雪道の運転はやめたほうがいいといったが、要はケガ人が運転する車に乗るのが怖いのだった。だが甘内には、彼の口から聞かねばならぬことが山ほどある。

「仮に部長が、通話中の事故を装い、甘内さんを故意に突き飛ばしたのだとしたら、その目的はなんだったのか？　直前まで会議に参加していた部長が、あの場で甘内さんに会ったのはあくまで偶然でしょうし、階段から突き落とすという行為も場当たり的に思えます。おそらく部長は焦《しょう》燥《そう》に駆られて犯行に及んだ。では、いったいなにが部長を焦らせたのか？　犯行は会議終了直後だったといいますから、おそらくふたりは短い会話しか交わさなかったはず。そのあいだに部長が目にしたものといえば、甘内さんが手にしていた報告書くらいでしょう。交わした会話もそれに関するものだったにちがいないと推測しました」

甘内は相槌《あいづち》も打たず耳を傾けた。

「甘内さんはあの日、間もなく搬出される人骨を図録と照らして確認するつもりでした」

そのことは事前に鮎沢に伝えてあった。

「しかしそれが、作間部長にとって不都合だったからこそ事件は起きた。つまり部長には、骨を確認されたくない事情がある……そう考えたとき、甘内さんとふたりで人骨のコンテナを確認したときのことを思いだしました。甘内さんは、先月みたときよりコンテナが多い気がするといった。すぐに『勘違い』だと否定しましたが、もしほんとうに数が増えていたのだとしたら？」

そこまで誘導されて、鮎沢のいいたいことを理解する。

「そうか。九月の搬出直後にみたときはコンテナが一個少なくて、その後もとの数に戻ったと考えれば……」

鮎沢がフォンダン・オ・ショコラをひと口食べてうなずいた。回答にも味にも満足したようだ。

「九月の搬出日の前後、それはつまり上輪山での発掘があった前後です」

甘内は思いだす。上輪山から戻った自分は、遺骨の搬出があったことを思いだして収蔵庫へ向かい、そこで搬出を手伝った鮎沢に会った。

「ここまできて、ぼくはようやく人骨が入れ替えられた可能性に思い至りました。棚からでていった人骨と棚に戻ってきた人骨は別人のものかもしれない——そう仮定してみれば、甘内さんが収蔵庫で部長に語った推理が真実をいいあてていたことに気づかされます。九月二十六日に工事現場で発見された人骨は、行方不明になった田原さんの遺体でした」


「二十六日の夕方、骨らしき埋蔵物が出土したとの連絡を受けた部長は、すぐにそれが、かつて自分の埋めた遺体だと確信したでしょう。ですが部長にとって幸いだったのは、その時点で人骨だという明確な情報がなかったことです。それゆえ、日没が迫ることを理由に、現地確認を翌日に回すことへの反対意見はでなかった。部長は首尾よく、ひと晩の猶予《ゆうよ》を得ることに成功したわけです。ほかの職員がみな帰るまでセンターに残り、そこから偽装の準備にとりかかった」

——わたしがやっておくから、さっさと帰って早寝しろ。

「順次搬出が予定されていた人骨から、現場の画像を参考にしつつ適当なものを選びだし、スコップや小型の投光器といった道具類と一緒に積み込んだ。部長の車は小さいですから、すでにキーをあずかっていたハイエースをつかったのでしょう」

そして作間は密かに上輪山の現場へ向かった。

「みつかった骨が、ショベルによって崩された土のなかにあったこともまた、部長にとって好都合でした。掘りだす労力が圧倒的に小さくて済みます。掘り残しがあれば計画は失敗ですが、発掘にかけて部長はプロでした。田原さんの遺骨をきれいに回収し終えた部長は、作業前に撮影しておいた画像を参考に、持参した百年前の人骨を現場に埋め、発見時の状態を復元します」

レプリカ――その言葉が甘内の脳裡に浮かぶ。模造品としての現場。代替品としての人骨。それらをみせられて、自分はなにも気づけずにいた。

骨の露出は一部分だけであり、大半は黒い泥土のなかに埋まっていた。みえる部分の印象だけを似せればよいのだから、現場の再現はむずかしいものではなかったのだ。

「どうにか深夜のうちに作業を終え、部長は回収した田原さんの骨をコンテナに入れてセンターにもち帰ります。ほんとうなら、すぐにでも人骨の棚にコンテナを戻したかったはずです。なぜなら二十七日は遺骨の搬出があり、そこに上手《うま》く紛れ込ませてしまえば、遺体は早々に火葬され二度と顧《かえり》みられることがありません。作間部長が反対しつづけたという近代の人骨処分を逆手《さかて》にとる、巧妙かつ狡猾なやりかたです。実際は回収当夜にコンテナを戻すことは叶わず、搬出は次回に先送りせざるを得なかったわけですが」

深夜に入口を解錠すれば、異状と判断されて警備会社の確認が入る。疑惑を生むような行為は、なるべく避けたかったにちがいない。

「結局荷物は、もう一度現場を往復し終えるまでハイエースに積まれたままでした」

あの朝の荷室の情景が浮かぶ。二段に積まれた深型のコンテナ。崩れぬよう厳重にバンド掛けされ、周りをスコップなどで囲んでいた。上の段には小型の道具類が入っていて、そして開けられることのなかった下の段に……。

「あのとき、わたしのすぐうしろに田原さんがいたのね」

車が揺れるたびコンテナの中身が鳴っていた。その音を思いだし、甘内は両手で顔を覆った。

あの朝の、いくつかの違和感がよみがえる。作間がめずらしくドライバーを買ってでたのは、遺体を積んだ車を自分で慎重に運転したかったからだろうし、夜に車を動かしたことがばれぬよう、自分で運行記録表をつけたかったからだろう。すぐに出発するのに、ハイエースではなく、自分の車で待っていたのは、田原の遺骨と同じ空間にいては、気が休まらなかったせいかもしれない。

「部長が穴を掘り返したのは、前夜の偽装の痕跡を消すためだったのね？」

「おそらくは未明の雨が現場を汚してくれると期待したのでしょう。しかし降りはじめが予報より数時間遅く、期待したほどの効果をもたらさなかった。人骨を覆う土の状態などから、遺体がごく最近埋められたものであると警察が気づくのではないかと不安になり、部長は思いきった行動にでたのです」

現場監督が、午前五時にきてみたらブルーシートが捲れていたと詫びていた。あれは風のせいではなく、作間が雨の流入を期待して、捲ったままにしておいたということか。

「変死体の現場を攪乱して咎められるくらい、殺人の露呈に比べればなんでもないことでした。甘内さんを階段から突き飛ばしたときも、きっとそうだったのでしょう。報告書のどの写真とも合致しない遺骨がみつかり、そこから田原さん殺害が明らかになるくらいなら、傷害罪に問われてでも甘内さんの行動を邪魔する必要があった。なにしろ数日でいいんです。たった数日気づかれなければ、遺体は火葬場へと搬出されるんですから」

「魞沢さんが頼んだ勾留中の部長への伝言は、その日までに遺体について自供してほしいという意味だったのね」

「資料室には、甘内さんがもちだしたものと同じ報告書がもう一冊ありました。収蔵庫の骨と照らし合わせたところ、一体だけ、図録のどの写真とも合致しないものがあった。警察に通報することは簡単でしたが、ぼくは作間さんの自供を待つことにしました……すみません」

「え？」

「甘内さんが意識を回復するかどうかというたいへんなときに、ぼくは犯人に温情をかけるような真似を」

「虫仲間だから？」

甘内が笑うと、魞沢も笑った。そんな理由じゃないことは、わかっている。きっと魞沢は、犯人が誰であっても、同じようにしただろう。田原を家族のもとに帰してあげられる最後の機会を、犯人自身につくらせるために。それは、償いの最初の一歩になる。

「八年前、わたしも田原さんにやさしさをかけることができたら、どれだけよかったか」

「………」

「それに、魞沢さんが部長の犯罪を告発したからといって、わたしの意識がすぐに戻るわけじゃないしね」

「そういってもらえると、ぼくが救われます」

魞沢が皿のチョコをスプーンですくった。それはすでに、冷えて固まりはじめていた。

「一緒に埋められた土器には、なにか意味があったのかしら」

「そうですね……もしかしたら現場のセキュリティにつかったのではないでしょうか」

意外な言葉が飛びだして面食らう。

「田原さんの遺体を上輪山に埋めたのは、当時は工事等が想定されない土地だったからでしょう。しかし万が一に備え、より浅い位置に土器片を埋めておくことにした。現場が掘り返された場合、まず土器が発見されて工事がストップします。その連絡は必ずセンターに入りますから、遺体が発見される危険をいちはやくキャッチすることができ、ほかの場所に移すといった対応がとれると期待した。しかしながら、遺体を深く埋めるというのは思った以上にたいへんな作業のようで、実際には土器と同時に骨も発掘されてしまい、ひと晩で偽装工作を済ませる羽目になった」

「その工作のために、部長はわざわざセンターから土器を盗んだのかしら」

「そうとも考えられますし、すでに手もとにあったからこそ、そんな真似を試みたとも考えられます」

「すでに手もとに……？」

「ええ。もともと土器をセンターからもちだして畑に埋めたのが、田原さんではなく作間部長だったとしたら、彼の手もとに残りがあっても不思議はないでしょう」


なにをいわれたのか一瞬意味がわからなかったし、意味がわかったからといって受け入れられる発言でもなかった。

「そんなはずないじゃない！　田原さんは畑に入って土器を埋めている最中に捕まって警察につれていかれたのよ？」

気づけば、負傷した頭に響くほどの大声をだしていた。はっとして首をすくめたが、幸い二階席には、ほかに誰もいなかった。

「たしかに穴は掘っていたのでしょう。しかし実際に土器がみつかったのは、そのあと警察が現場をさらに掘り返したときだと聞きましたが」

「なにがちがうのよ」

「田原さんは土器を埋めるために穴を掘っていたのではなく、土器を掘り返すために穴を掘っていた。そう考えるほうが目撃証言と事実が合致するようには思えませんか？」

甘内は言葉に詰まった。そんなことが、まさか。

「資材課に左遷された田原さんと揉めていたことについて、部長は、捏造の追加調査の件を田原さんに告げたのが原因だったといいました。だから、田原さんを追い詰めた自分のほうが殺されることはあっても、その逆は起こり得なかっただろう……と。しかし事実として作間部長は田原さんを殺害した。ということは、要するに逆だったんです。捏造の調査の件で追い詰められていたのは作間部長のほうだった。そしてそれが田原さんの命を奪う動機にもなった」

——お願いします。部長から話してください。

——わかっている。もう少しだけ待ってくれ。

「不自然な土器出土をきっかけとする予備調査、その多くに派遣されたのが田原さんだったといいます。しかし田原さんの上には、誰を派遣するかの決定権をもつ人物がいる。範囲を拡大し、より詳細な予備調査をおこなうよう指示できる立場の人物がいる。いわば田原さんは、彼に操られていたにすぎなかった。田原さんが過去の遺跡の報告書から新たな知見を見出したとき、自分の名前を加えて論文を発表したのも、その人物でした。それをきっかけに、大規模集落群発見への夢と渇望を募《つの》らせたのは、田原さんではなく作間部長のほうだったのかもしれない。彼は市内に調査の呼び水としての土器をばらまきはじめ、田原さんはそのことに気づいて上司の暴走をとめようとした」

——作間部長と、よく話すんだよ。行き届いた調査さえできれば、宮雲にも、青森の三内丸山に匹敵する規模の集落連合が姿をあらわすはずだって。

——宮雲にはたくさんの遺跡が眠っている。それをみつけたい気持ちはもちろんあるけれど、その行為をなぜか当然の権利のように思っている人間の傲慢さが、ぼくはときどき厭になることがあるよ。

甘内は思う。捏造ほど田原に似合わない行為はないじゃないか。どうしてわたしは、いつもいつも気づくのが遅いのだろう。

田原が捕まる直前、電話をかけてもつながらなかったり、深夜にどこかにでかけていたりすることが頻繁《ひんぱん》にあった。作間は、当時の田原が、宮雲に大規模集落が存在するという仮説が証明できない現状に苛立っていたようだと話したが、甘内に彼の苛立ちの記憶はない。あるのは、ひたすら思い詰めていた姿だ。

作間が語った田原の不満や苛立ちが、ほんとうは作間自身のものだったとすれば……。

「もしかして田原さんは、作間部長を監視していたのかもしれない。その最中に、部長が他人の土地になにかを埋める場面にでくわした。田原さんのことだから、きっと密かに回収を試みたのよ。でもそこを所有者にみつかって……」

田原は逮捕後も部長を庇って黙秘し、最終的には罪をかぶって自供した。そのとき語った動機もまた、田原が推察した、作間の動機だったということか。

「田原さんという人は、自分を拾い育ててくれた作間部長に恩義を感じていたのでしょう。だからこそ自ら警察に告発することは避けたかった。できることなら作間部長の口から真実を話してほしいと望んだ。そのためには、一度自分が罪をかぶってでも不起訴のまま釈放され、センターに復帰して部長を説得する機会を得ることが必要だと考えた」

（あ……）

似ていると思った。鮴沢がぎりぎりまで作間の自供を待ったことに。

（やっぱりわたしは……）

彼のなかに田原をみていたのかもしれない――。

「資材課に左遷された田原さんは、一日中資料室にこもり、捏造が発端になったと疑われる発掘調査をリスト化したのでしょう。しかし自宅から発見されたそのリストは、作間部長によって『捏造の記録』に意味を変えられてしまった。すでに田原さんは殺害されて口を封じられ、部長もまた、罪を告白する機会を失ったのです」

魞沢は急に肩を落とし、紙ナプキンで口を丁寧《ていねい》に拭った。また降りだした雪のなか彼を家まで送り、帰宅してヤカンにお湯を沸かしはじめたとき、総務課長からメールが届いた。

〈作間さんが過去の捏造についての供述をはじめたそうだ〉

甘内は返信せずに眠った。誰の夢もみなかった。

＊

工事車両のつくった轍をたよりに林道を進み、車両通行止めのロープの手前に車をとめた。ブーツにスノーシューを装着し、ゴーグルをつけ、両手のストックを雪に突き刺してショートカットの斜面をのぼる。雪は思った以上に深く、たちまち息が切れて口のなかが金属の味になった。

太陽が雲に隠れ、眩《まぶ》しさの消えた雪原の向こうから鹿が一頭こちらを眺めていた。はじめ樹の枝にみえたほど立派な角《つの》をもつ牡鹿は、甘内が立ちどまって口笛を吹くと、臆病そうに耳を立てて森へ帰った。

一時間歩きつづけ、甘内は三か月ぶりに上輪山の工事現場にやってきた。すでに立入禁止の措置は解かれていたが、冬のあいだここまで車両がくることはない。黒い穴は白い窪《くぼ》みになり、盛り土を積んだ三角の山は雪化粧をして、どこかクリスマスツリーを思わせた。

動きをとめると、途端に寒さが襲ってくる。甘内は窪みの縁に近づいた。リュックをおろし、折りたたみ式のスコップをとりだして、足もとの雪を掘り返す。やがて黒い土があらわれた。

甘内はその場に座り込み、ステンレスボトルとマグカップをふたつ、土の上に置いた。ボトルには、いつものカフェ・レストランのコーヒーが入っていた。

「ごめんね。淹れたてじゃなくて」

マグカップにそそぐ。白く時間をとめた森に、湯気がのぼって甘い香りが漂った。それらを風がどこかへはこび、また同じことが繰り返される。幾重にも閉じ込めてきた記憶は、これからそうやって色を薄め、いつか慰めにかたちを変えるのだろうか。

——甘内さんを慰めてるふりをして、ぼくはきっと、自分を慰めてるんだ。

「たはらさん……」

ようやく甘内は、声をあげて泣くことを自分に赦《ゆる》した。

# 青い音

写譜用のペンシルでも調達しようと立ち寄った文具店で、古林秋一《ふるばやししゅういち》は、懐かしいインク瓶《びん》をみつけて驚いた。透明なガラスのなかは一見、黒に近い濃紺だが、ボトルネックに薄く付着した液は鮮《あざ》やかな青で、ラベルのカラー名は〈BLUE　BLACK〉と記されている。その上に大きく書かれた〈PAPILLON〉は、メーカーかブランド名なのだろう。

瓶をとろうとしたとき、デニムのポケットでスマホが鳴った。つい舌打ちをしてしまい、そんな自分が厭《いや》になる。電話は何度もかかってきていた。どうしようかと迷いながら、古林はポケットに触れた。その隙に、誰かの指が目の前の瓶をつまみあげた。陳列棚のPAPILLONは、それが最後のひとつだった。

「あっ」

「え?」

思わず漏れた声に反応して、相手もこちらをみた。両足を歩幅にひろげて腰を沈め、背中を丸めた前傾姿勢をとり、瓶を胸のあたりで握り込んでいる。本物をみたことはないが、じつに泥棒っぽかった。

「もしかして購入されるつもりでしたか」

泥棒っぽい男が、そう訊ねてきた。スマホのコール音はもう切れていた。

「いや、買うかどうかは決めてなかったんですけど、ちょっとみたいなと思って」

「ちょっとでしたら、どうぞ」

男はそういって、まだ正式に彼のものになったわけではない商品をわたしてくれた。ボトルの形状、ラベルのデザイン、いずれも記憶のなかの品と重なった。古林は満足して男にインクを返した。

「買ってもかまいませんか？」

男が、そう確認してくる。

「どうぞ。母がもっていた瓶と似ていたので、少し気になって」

「なにか思い出の品なのでしたら……」

古林は首を横に振った。

「ぼくは万年筆をつかいません。日本で売っていたことに驚いただけです」

すると男のほうは首を縦に振って、

「たしかに国内で取扱いがあるのは数店舗という、めずらしい商品ではあります」

と、それなりに神妙な顔をした。

「古典的な製法の品で、原料面からモッショクシインク、色の面からブルー・ブラックインクなどと呼ばれます」

「モッショク……？」

「没する食べる子と書いて没食子《もっしょくし》です。樹木の葉や枝に、棘《とげ》みたいな突起や球状の物体がくっついているのをみたことがあるでしょう？　そういう瘤《こぶ》の一種です」

あるでしょうといわれても、ぜんぜんピンときていなかったが、相手が当然のように話してくるので、古林はとりあえずうなずいた。

「没食子には、お茶などの渋み成分として一般的な、タンニンという化合物が豊富に含まれています。没食子をすりつぶし、浸水したり煮るなりしてタンニンを分解し、得られた没食子酸という成分に、硫酸鉄など鉄の化合物を加えて製造されるのが没食子インクです。紙に定着すると非常に耐久性が高いため、古くから大切な文章を残すのに重宝しました。インクが乾く過程で鉄イオンが酸化し、色合いが変化することも大きな特徴です」

急に饒舌《じょうぜつ》になった相手に、古林は呆気にとられた。

「……お好きなんですね、文具」

「いえ。好きなのは虫です」

「虫？」

「没食子は、虫の寄生によってできる虫瘤《むしこぶ》です。ある種のタマバチが、ナラの仲間につくる虫瘤をとくに没食子と呼び、言葉の意味としては、食べられない実……果実に似ているけれど実際はそうじゃないもの、といったところでしょうか。直径数センチの球体で、そのなかで幼虫が育つのです」

虫の話になると、男の黒目はインクのようにぬらぬらと輝きだした。おそらく三十代だろうと思うのだが、不思議と少年と話しているような感覚に陥る。

「ハチが内部に残っている没食子のほうが、良質なインクができるという話を聞いたことがありますが、事実かどうかはわかりません。ちなみに正倉院《しょうそういん》に奉納された中国からの宝物に没食子が含まれており、脱出しそこねたハチの死骸もあったそうです」

「正倉院？　奈良の？」

聞き流そうと思っていたのに、つい反応してしまった。

「八世紀に薬の類《たぐい》として伝わったようで。薬帳には『無食子《むしょくし》』という字で記載されており、これは現在の意味でいえばドングリです。同じナラの樹になるものとしてドングリと虫瘤を混同したのか、たんなる表記の揺れなのか、そのへんが調べても判然としな――」

「ありがとうございます！　もうじゅうぶんです。ほんとに」

遮《さえぎ》ると、男は残念そうに、しかし素直に黙った。

「とにかく、めずらしいインクというわけですね」

古林は、そうまとめてうなずいた。もちろん話を終わらせるのが目的だったのだが、相手はそれを質問と受けとったらしく、ふたたび嬉々として喋《しゃべ》りだしてしまった。

「ブルー・ブラックに分類されるインク自体は、現在でもひろく流通していますが、ＰＡＰＩＬＯＮ社のものは古典的な製法にかなり忠実と聞きます。そのぶん腐食性がつよいため万年筆を傷《いた》めやすい。好事家《こうずか》向けの逸品といったところでしょうか。深い青の発色が素晴らしく、書きはじめの鮮やかさは特筆すべきものだそうですよ」

「そういう知識は、世の虫好きにとっては当然のものなんですか？」

「いやいや。ぼくも何年か前まで、まったく関心がありませんでした。字が下手《へた》なので、筆記具にはむしろ恨みを抱いていたくらいだったんですが」

どうにも極端な性格のようだ。

「たまたま教会で遭遇した事件……いや、ええと、ちょっとしたトラブルがきっかけで、虫由来の着色料に興味をもった時期があったんです。カイガラムシからはじめて、いろいろ調べているうちに没食子に行き着いたというわけでして。この文具店のことも、そのときに知りました」

とまらぬ喋りに呆れつつも、空気を読むのが苦手そうな目の前の男に、古林は興味を感じはじめていた。雰囲《ふんい》気《き》はべつとして、見た目で判断すれば相手のほうが年上だろう。古林は三十三歳になったばかりだった。

「じゃあインク目当てで、ここには何度も？」

「もちろん……と、いいたいところですが、この街自体、今日がはじめてです。目的はコンサートなのですが、会場の近くに店があることに気づいて」

「コンサート？」

「はい。石戸《いしど》檸檬《れもん》というピアニストの」

　古林は驚いた。

「ほんとうですか？　ぼくもいまから」

「これは奇遇です。せっかくでかけてきたのだから、街歩きをしたくなりまして」

「まったく同じですよ。のんびり滞在できるわけじゃないですからね。彼のコンサートには、たびたび？」

「じつはそちらもはじめてです。音楽には滅法《めっぽう》疎《うと》く……。知人にチケットをもらったのですが、結局なんの予習もしないまま当日を迎えてしまいました。素人《しろうと》が聴くには、むずかしい音楽でしょうか？」

　立場が逆転し、今度はこちらが解説役になったようだ。

「今回は彼自身初となるホールツアーで、幅広い客層に向けたコンサートです。オリジナル曲もありますが、クラシックにジャズ、ポップスの有名曲をアレンジしたものなどが半分を占めるので、檸檬ビギナーには向いている公演ですよ」

男を安心させたところに、またポケットのスマホが鳴った。

「あ、どうぞ」

そういって、男は古林の前から立ち去り、レジへと向かった。コール音が鳴りやむのを待ってマナーモードにし、ディスプレイの時刻を確認する。午後三時——コンサート開演まで三時間、開場までも二時間半ある。決して人付き合いがよいとはいえない古林にはめずらしく、このまま旅先での出会いを終わらせるのは、なんだかもったいないような気になっていた。

「あの！」

思わず声をかけると、支払いを終えて店をでようとしていた男が、自動ドアの手前で振り返った。古林は、ちょっと緊張しながら言葉をつづけた。

「この界隈《かいわい》に、いいカフェがあるみたいなんですけど、一緒にどうですか？」


「古林さんがいったとおり、いいお店ですねえ」

そこは、会場の県民ホールを川向こうにのぞむ喫茶店だった。

「名前が水っぽいせいか、川は好きです」

鮲沢泉《えりさわせん》と名乗った男は、うっとりとした表情で、大きなガラス窓から流れを眺めた。明治期の木造邸宅を改装した店とのことで、ふたりは二階の隅のテーブル席に落ちついていた。人気店とのことだったが、幸い客は少なく、古林はメガネを窓台に置いて、すっかりリラックスしていた。

「ネットの情報によれば、鮭《さけ》ものぼってくるみたいですよ。もう十月だから、いてもおかしくないような気がしますけど」

「いいなあ。みてみたいなあ」

日射しは柔らかく、水面の煌《きら》めきは、それ自体が魚の群れを思わせた。

古林が注文したアイスコーヒーが、小ぶりなカラフェではこばれてきた。

外は肌寒かったが、日当たりのよい窓際は軽く汗ばむ暑さだった。数日伸ばした無精《ぶしょう》ひげの手触りが、散歩中より柔らかく感じられる。

「魞沢さんは、人間以外の生き物のほうがお好きなようですね」

カラフェから氷入りのグラスへ、自分でコーヒーをそそぐ。

「人も好きですよ」

魞沢が、生クリームたっぷりのフルーツサンドを頰《ほお》ばった。

「わざわざ遠征してきたコンサートの演者にも興味がないのに?」

「ふぁはは」

パンを口に詰めすぎたせいで、魞沢は息苦しそうに笑った。

「ふふなふ……少なくとも気鋭の若手で人気急上昇中だとは聞き及んでいます。あとは名前への憧れもあります。ぼくも石戸檸檬みたいなカッコいい名に生まれていたら、人生ちがったかもしれません」

「いやいや、さすがにアレは芸名でしょう」

古林も笑った。

「それに人気といってもアイドル的なものです。演奏家として評価を得られるかどうかは、今後の活動次第ですよ」

数年前から、配信の演奏動画が話題となっていたが、一昨年《おととし》、国際的なピアノ・コンクールのひとつに入賞したことで、ひろくメディアにとりあげられるようになった。それを受け、はじめての全国ツアーが企画されたのだ。

「ただ正直いって、今回のツアーの出来は、これまでのところイマイチです。今日が三会場目と、まだはじまったばかりではありますが」

「古参のファンは厳しいですね」

「とはいえチケットは争奪戦。それをくれるなんて、お知り合いは太《ふと》っ腹《ぱら》だ」

「じつは知人の職業というのが音楽ライターでして」

「へえ」

「業界の関係者からチケットが送られてきたそうなんですが、彼は彼でチケットを購入していた。そこで、もっともピアノに縁がなさそうな知り合いにタダ券を譲ることにした。たまには虫以外の教養も身につけろ……というわけです。むかしから、たまにそういう意地悪をしてくる人でした」

「それを意地悪といっちゃ檸檬に失礼ですよ！」

「はは、ほんとだ。ファンにも申し訳ない表現でした。彼とはむかし、同じ雑誌に記事を書いていたことがあり……」

「どんな雑誌ですか？　音楽……じゃないですよね」

「『アピエ』という科学雑誌でした。彼は大学で音響工学を学んでいて、物理分野を担当していたんです。学生時代にプロのミュージシャンを目指したこともあったそうですが、その道をあきらめたあとも音楽に携わりつづけたいという思いがあり、いまは評論を仕事に」

「音楽関係の記事なら、けっこう読みますよ。なんていうかたです？」

「馬庭《ばば》バッハというんですが、ご存じでしょうか？　『アピエ』はいたって真面目《まじめ》な雑誌なのですが、ライターにおかしな筆名をつけてデビューさせる伝統がありまして……」

魞沢が口にしたのは、古林もよく知る評論家の名だった。

「その人なら檸檬のインタビューも何度かしてますよ！　ますます奇遇……あ、じゃあ魞沢さん、このあと待ち合わせがあるんじゃ？　誘ったりしてまずかったかな」

「平気です。彼とは終演後に食事の約束を」

「ならよかった。……でも、意地悪とまで感じたのに、よくチケットをもらう気になりましたね。タダでも遠征費用はかかる」

「それがですね、メールに添付されていたチケットの写真に騙《だま》されまして」

「騙された？」

「ツアータイトルの『ＴＨＥ ＭＵＳＩＣ』のＣの字が欠けて写っていたせいで、てっきり『Ｍ《む》Ｕ《し》ＳＩ』のイベントだと思って……」

「嘘でしょ？」

「嘘です」

アイスコーヒーをかけてやろうかと思ったが、大人なのでガマンした。

「以前だったらことわっていたかもしれませんが、ある友人から、他者との接しかたを再考するようアドバイスをもらっており、目下実践中です」

そのとき、テーブルに置いていたスマホが震えた。罅《ひび》割れた画面に表示されたのは、またも羽《は》山明日香《やまあすか》の名前だった。

「古林さんも、どなたかとお約束があるのでは？」

「ぼくのほうも、まだ大丈夫です」

コールがやんだあと、古林はメールを打ってスマホの電源を切った。そのあいだ、魞沢はわざとらしく古林から目を逸《そ》らしていた。古林もまた、わざとらしく咳払《せきばら》いをしてから、

「ぼくも生い立ちのせいか、人付き合いが下手なんですよ」

と、弁明のようにいった。

「古林さんは海外で暮らしていらした？」

「あれ、どうして？　顔でわかります？　それともイントネーションかな」

「先ほど、このインクが日本で売っていたことに驚いたと」

魞沢が、瓶の入った紙袋をテーブルに置いた。

「ああ……じつは子どもの頃フランスに住んでいて。同じ瓶が母のメイクボックスに入ってたんです。だから長いあいだ、化粧品だとばかり思っていました」

「いまも、その瓶はご自宅に？」

「残念ながら、母が亡くなって、どこかに。いま思えば、あれだって遺品だったんですけどね」

母について口にすると、そんなつもりはなかったのに、しんみりした空気になってしまった。

魞沢とふたり、なんとなく川に目を向ける。鮭はみえなかったが、鴨《かも》の親子が淀《よど》みをみつけて身体《からだ》を休めていた。流れついた数枚の落ち葉がゆっくりと渦を巻き、それを真似《まね》るみたいにして、小さな子鴨も水面に円を描いている。

淀みは古林の心にもあった。それが自分に停滞をもたらしている——そんな気がしていた。

「……遺品といえば……ほかにも失われたものがあります」

「ほう」

「父の書いた楽譜です」

「お父さまは音楽を？」

「独学でピアノを」

相手に横顔を向けたまま、古林は言葉をつづけた。

「では古林さんの音楽好きは、お父さまの影響でしょうか」

「それはないですね」

あまりにきっぱりと否定したせいだろう。鮎沢がびっくりしたのが横目にもわかった。

「ぼくは父と暮らしたことがありませんから」

父がパリで死んだのは、母の死の翌年だった。そのとき古林は祖父母――母の両親――に引きとられ、すでに日本で暮らしていた。

「父は酒に溺れ、アパルトマンの階段を転げ落ちた翌朝、自室で死んでいたそうです。所持品はほとんどなく、数少ない遺品のなかに数枚の楽譜がありました。父の遺体を発見した住人が、後日、そのなかの一枚が失われていることに気づいた」

どうして自分は、こんな話をはじめてしまったのだろう――そう思いながらも、古林はとめることができなかった。心の淀みから、ほんの少し水が流れでたような感覚があったから。

視線を川から鮎沢に戻し、古林は訊ねた。

「もうちょっと聞いてもらってもいいですか」

鮎沢は、メニュー表をみながら微笑《ほほえ》んだ。

「それではフルーツサンドを追加しましょう」

「父は西アジアにルーツをもつ移民の家系出身で、フランス南部のマルセイユに生まれ、プロのミュージシャンを夢見てヨーロッパを放浪しました」

二皿目のフルーツサンドは、中身がマスカットから洋梨のコンポートに変わっていた。

「母は日本人で、彼女もまたアーティストでした。もともとバレエダンサーとしてフランスに留学したみたいなんですけど、ケガで挫折《ざせつ》。しかし帰国はせず、路上で踊ったり、詩を書いて売ったりして暮らしていたそうです」

酔った母の昔語りの口調を思いだしながら、古林は記憶を辿る。

母によれば、父は幼い頃に両親を事故で亡くし、祖母の家でピアノを玩具《おもちゃ》がわりに育ったそうだ。十代半ばでジャズへ傾倒し、とくに一九五〇年代から六〇年代にかけてのモード・ジャズを好んだ。

十九歳のときに親がわりの祖母も他界し、父はプロになるため故郷を旅立つと決める。強調されたビートやキャッチーなフレーズとは距離を置き、より環境《アンビエント》的な音楽を志向していた彼は、挑戦の場として北欧を選んだ。

オスロ、コペンハーゲン、ストックホルム、ヘルシンキ……バーやクラブで日雇いの演奏をしながら、ライブハウスでオリジナルを発表し、見出される日を待った。セッションやバンドにも積極的に参加し、どうにかデビューへの足掛かりをつかもうとしたが、パフォーマンスは好評とはいえず、たいてい二度目の誘いはなかったという。

ジャズを含め、いまなお多くのポピュラー・ミュージックは、しばしば転調を伴う複雑な和音《コード》展開を曲の推進力としている。そのいっぽう、音階《スケール》のなかで指を上下にさまよわせながら、できるだけ少ない要素でプレイを構築しようとした当時の父のアプローチは、刺激を求めるライブハウスの聴衆にとって魅力を欠くものだったのだろう。

父は一貫して身の回りの世界を――自然や街並みを――音楽で描こうと試みたふしがある。だがそれを実現するには、彼の感性はあまりに乏しかった。彼にとって世界は――彼を包み込む日常は――単調《モノトーン》な繰り返しにすぎなかった。誰にも認められない日々がつづけばつづくほど、彼の憂い《アンニュイ》は深まり、それを写しとった音もまた、聴衆を退屈《アンニュイ》にさせた。

「年月は無情なものです。スウェーデンからポーランドを経由してドイツに入り、やがてフランスに戻ってパリに行き着いた父は、二十五歳になっていた」

まだ何者にもなれずにいた彼は、郊外《バンリュー》との境界線に建つ十四区の安アパルトマンを塒《ねぐら》とし、なおもくすぶりつづけた。

「両親が出会ったのは、父が二十六歳、母が二十歳のときでした。場所はモンパルナスのジャズ・クラブ。その夜、父はキーボーディストとしてバンドに参加していましたが、メンバーとの息は合わず、ソロの出来も散々だったとか」

ステージを終え、店の片隅で肩を落としてビールを飲む父に、母のほうから話しかけたのだという。母もまた、幼少の頃バレエに加えてピアノを習っており、音楽の素養があった。アジアにルーツをもつという共通点もあってか、ふたりはその夜のうちに親しくなった。

「母はワインで酔ったときにだけ、まだ小さかったぼくに、父との出会いを語ったものです」

――あの人は、すぐれた作家ではあったけれど、すぐれた表現者ではなかった。だからわたし、あの人にいったの。『あなたの〈中身〉になってあげようか?』って……。

最初のうち、父は取り合わなかった。しかし母のしつこさに呆れてか、あるいは酔いが回ったせいか、やがて放浪中の出来事を語りだしたという。

――苦いエピソードばかりのなかに、ほんのいくつか愉《たの》しい記憶も交ざっていた。わたしは店の隅のピアノの前に移動して、『そのときの気分は、こんな感じ？』って、ふざけたフリして弾いてみたの。そうしたら彼は、『そこまで弾んだ気持ちじゃなかった』って苦笑いして。そのときからよ、わたしたちがふたりで曲をつくりはじめたのは……。

酔って語りつづける母の、ワイングラスの脚に触れた左手の薬指が、鍵盤《けんばん》を沈めるようにそっと動いたことを思いだす。古林は、カラフェの底に残っていたわずかなアイスコーヒーを、ほとんど溶けてしまった氷の上にそそいだ。白く長い自分の指は、記憶のなかの彼女の指を、そのまま写しとったかのようだった。

「父は放浪先のどの国でも、周囲のミュージシャンたちから、『きみの音楽のどこに、きみ自身があるのか』……そんなふうに告げられたそうです。父はその指摘を、ある種のヘイトだと捉えていた。アジア人の顔をした自分が、西洋の音楽を演奏するのが気に入らないのだろうと。しかし母は、そうではないと見抜いた」

——景色をみて景色を描こうとするのではなく、景色をみて生まれた心象を描くのだと教えたわ。それが音の情景というものだと。彼が五線紙に記した音を、わたしが鍵盤を叩いて鳴らす。その振動が彼の記憶をふたたび揺らし、またべつの音がこぼれ落ちる。そうやって拾い集めた欠片《かけら》で、わたしたちは旋律をつくっていった……。

あれはいつのことだったろう。母が死ぬ少し前だとしたら、自分は九歳か十歳だったはずだ。晩年の母が、父について語ることが増えたのは、彼女の酒量が次第に増えたことと無関係ではあるまい。

パリから南西に百キロの街。ふたりで暮らす古いアパルトマン。

ある夜、夕食のあとソファーで眠ってしまった。夢のなかで見知らぬ街角に立っていた。石畳の通りを、表情のない人たちが行き交っていた。急に雨が降りだして、男も女も駆けだした。小さな店の軒下に逃げ込んだのは、自分ひとりだけだった。

怖くなって「ママ！」と叫ぼうとしたときに目が醒《さ》めた。雨音はまだつづいていた。それがピアノの音だと理解するまで――肌着を濡らしたのが雨ではなく汗なのだと気づくまで――じっと天井をみつめ、そこに雲をさがしていた。

母の両手が奏でていたのは、左右異なるリズムの分散和音《アルペジオ》だった。和音は一・三・五度、すなわちド・ミ・ソの形のシンプルな三和音にはじまり、そこから七度《セブンス》、九度《ナインス》、十一度《イレブンス》と重ねて、緊張と奥行きを深めていった。左右それぞれが生みだすメロディは、ときに交わって層をなし、また離れては細かく散った。

目を閉じると、ひとつひとつの音が、また雨粒となって肌を打った。夢でみた街角が、瞼《まぶた》の裏によみがえった。

街角からは通りがいくつも延びていた。けれど母の指は、かぎられた和音のなかを上下に行き来するばかりで、どこへも向かうことを許さなかった。束の間の転調に視線は移ろっても、音の景色そのものが変わることはない。不意にあらわれてリズムを乱すシンコペーションは、戸惑いと焦燥《しょうそう》を一層募《つの》らせた。

雨に閉じ込められている。

空は暗く垂れ込めている。

ほんの一瞬、雲の上を覗《のぞ》こうとして、両手が長調の音階を駆けあがった。けれどその試みも、厚く重い不協和音に阻まれて、結局は陰鬱《いんうつ》に降り落ちるしかなかった。

音は皮膚《ひふ》の下の神経を伝い、心のなかのある一か所に沁み込んで、声を知らぬ父への思慕を呼び起こした。瞼の街角は、想像のなかのパリだった。かつて父と母が暮らした都市。自分がまだ一度も訪ねたことのない場所……。

「ママ……」

ソファーから呼びかけると、母はピアノの手をとめて振り返った。

「ごめん。静かに弾いてたつもりだったのに、起こしちゃったのね」

焦《こ》げ茶色のアップライトピアノの上に、ランタンとワイングラス、そしてボルドーのボトルが置かれていた。呂律《ろれつ》は怪しくても、指はあんなに動くのだなと、妙な感心をした。

「いまの、はじめて聴いた」

「むかし、パパとつくった曲なの。閉塞感と挫折。あの人が、わたしにだけさらけだした弱い自分――」

色褪《いろあ》せた壁紙の花が、ランタンの蠟燭《ろうそく》の灯に揺れてみえた。

「これは、あの人の嘆きの曲よ。コード進行やスタイルがちがっていたとしても、紛れもなく、あの人のブルースなの」

こちらをみつめる母の目は、息子の顔の奥に、べつの面影をさがしているようだった。彼女はふたたびピアノに向き、曲の終末部を奏ではじめた。やみそうでやまない雨に似て、一定のリズムをもたない右手の旋律のなか、白鍵と黒鍵が幾度も半音の差でぶつかり合い、調子はずれの哀切な和音を響かせた。

演奏を終えた母が近づいてきて、ブランケットをかけなおしてくれた。

彼女の指先が伸びてきて、頬をやさしく拭《ぬぐ》った。

「泣いてるの《プルール》？」

「ちがう《パ》。雨だよ《プルー》」

「そう」

母はランタンを灯したまま、ワインを手にキッチンへ消えた。

「両親は、結婚はしていませんでした。当時のフランスには、婚姻以外の共同生活契約の仕組みは存在していなかった。ただの恋人のまま母は妊娠し、関係を解消したあとで、ぼくを産んだんです。母は出産前にパリを離れ、地方のバレエ教室の講師になりました。父は生物学的には、おそらく確実にぼくの父ですが、法的にはそうではありませんでした。母は父に認知を求めなかった」

シングルであることを選んだ母は、日本の実家からの援助も当初は拒んだが、仕事に支障をきたすほど酒量が増えた頃には、素直に受け入れるようになっていた。

「お父さんにお会いしたことは？」

「一度もありません」

母が三十三歳で病死したとき、古林は十歳の少年だった。

「母の病が発覚し、母の両親……ぼくの祖父母は、日本で治療を受けるよう説得を試みたようですが、母はフランスで死ぬことを選びました。遺体は火葬されました」

「火葬は日本で？」

「いいえ、それも現地で。もう二十年以上も前のことですが、地方の都市にも火葬場が増えてきていました」

市街地から離れた森のそばの火葬場で、葬儀は営まれた。祖父母と自分を除けば、参列者は街の住民が十名ほどだった。母が生きているうちに、自分が祖父母に引きとられることは決まっていた。

「母は父に、病のことを報《しら》せてはいませんでした。けれど自分が死んだら、その旨《むね》を彼に伝えてほしいとの書き置きが、共通の知人の連絡先とともに遺《のこ》されていました。父のもとには間違いなく、母の葬儀について、連絡が届いたはずでした」

同時に、息子が間もなく日本へ渡ることも伝えられたはずだった。

「しかし父は姿をみせませんでした」

十一月の風のつよい午後だった。火葬場を埋めるかの勢いで、高木の落ち葉が降りしきっていた。その木よりも高い煙突《えんとつ》から、青空に向かって最初の煙が吐きだされた、まさにそのときのことだった。

「遠くで、街の小さな教会の鐘が鳴りました。それは単に、午後五時を伝える時報にすぎなかった。でも、ぼくには、母の召天が祝福されたように感じられた」

「それは……小さな奇跡ですね」

母の遺灰のほとんどは森にまかれ、一部は古林のリュックに入れられて日本に帰った。

「お父さんが亡くなったのは、その翌年とおっしゃいましたね。そのときは、古林さんはフランスへ？」

「いいえ。ぼくは父の死を、十五年近くも知らずにいたんです」

法的な父子関係のない息子のもとに、海を越えた父の訃報は届かなかった。

「知ったのは八年前、二十五歳のときでした」

そのとき店の壁時計が、ボーン、ボーン……と四回鳴って、午後四時を報せた。

「ある偶然がきっかけで、父の古い知り合いから連絡をもらいました。その女性も、かつて父と同じように、プロのミュージシャンを志《こころざ》した人物でした。そして母と同じように、父を愛した人でもあった。その翌年、ぼくは彼女に会うためフランスへいきました」

*

十一月初旬の平日。空席だらけの機内。並びの三席を独占して寝そべっても、約十二時間のフライト中、古林は一睡もできなかった。シャルル・ド・ゴール空港から、セーヌ左岸に位置するパリ五区へ移動する。ホテルはカルチエ・ラタンの南にあり、市場のように店が立ち並ぶムフタール通りに近かった。

小さなフロントで、マダムに「英語とフランス語どちらがいい?」と訊かれ、「フランス語で」とこたえたら、「R《エル》の発音が上手ね」と、からかわれた。

「部屋は二階。禁煙だから」

鈍色《にびいろ》の螺旋《らせん》階段は梯子《はしご》のように急で、スーツケースをガンガンぶつけながらのぼった。部屋は狭く、どういうわけか煙草《たばこ》のにおいがして、シャワーからは湯がでなかった。クレームを伝えようと思ったが、これから修理にこられても面倒だと思い、やめておいた。ホテルにくる途中、中華の物菜屋《そうざいや》をみつけ、あとで覗こうと思っていたのに、その夜は結局なにも食べずに眠った。

翌朝、フロントロビーの一部を仕切っただけの朝食会場で、パンとコーヒーをとった。壁際に置かれた小型のグランドピアノが、ただでさえ狭いスペースをさらに窮屈《きゅうくつ》にしていた。

外出のためキーをあずけてから、ドアの手前で振り返り、シャワーのお湯がでないことを伝えた。マダムは「また？」《アンコール》と、呆れた様子のジェスチャーをみせただけだった。「Rの発音が上手だね」――そう彼女に微笑み、古林はホテルをでてメトロの駅へと歩いた。風は冷たく、すぐにコートの襟《えり》を立てた。

父の元恋人は、郊外のランブイエという街に住んでいた。パリ南西に位置し、モンパルナスから急行で約三十分、各駅停車でも一時間ほどと、都心への通勤圏内にある。

モンパルナスでSNCF《国鉄》に乗り換え、西のル・マンに向かう長距離列車に乗った。二階建て車両の、上階のシングルシートに腰掛ける。車内は暖房が効きすぎていて、古林は冷たい窓にひたいをくっつけた。イヤホンをはめ、スマホの音源を再生する。イングリッシュマン・イン・ニューヨーク――。

ひとつ手前のベルサイユ・シャンティエ駅をすぎると、色づいた街路樹が自然の樹々へと変わっていった。ランブイエ駅に近づくにつれ、このまま列車に乗りつづけていたい気持ちになる。その先には大聖堂で知られるシャルトルがあり、さらに先には、母と暮らした街がある。車窓の紅葉は、母の葬儀の日を思い起こさせた。

約束の午後一時。森と城で知られるランブイエの、窓の大きなアパルトマンの一室に、その女性を訪ねた。彼女はひとり暮らしで、父や母と同年代であれば四十代もしくは五十代のはずだが、それより二十も上にみえた。

「なんてこと！《モン・デュー》　シューイチ。会えて嬉しいわ」

居間にとおされ、低いテーブルをはさんで向き合った。彼女はソファーに、古林は肘掛椅子《ひじかけいす》に。

れていた。

どちらも年代物で、よく軋《きし》んだ。テーブルには灰皿と火の消えたシガレット、そして封筒が置かれていた。

婦人の名は、ソフィー・ピペといった。あまり聞かない姓で、彼女もまた移民の家系だった。

「カナダがルーツなの。パイパーという姓を、そのままフランス語読みにしたから、ピペ。もっとさかのぼれば、植民地戦争時代のイギリスに行き着くらしいけれど、さすがに記録は失われている」

その名のとおり彼女は愛煙家《パイパー》らしかったが、音楽家としては管楽器《パイプ》ではなくベースを弾くようだった。古林はマルボロとアルコールをことわり、水のペットボトルをテーブルに置いた。

「長いあいだ連絡できなくてごめんなさい。もっと前に、あなたの居場所を突きとめる努力をしておくべきだった」

彼女はそう弁解し、テーブルの封筒を指さした。

「父から、ぼくのことは聞いていたんですか?」

「聞かなくても、フウカの妊娠は、当時の仲間の誰もが気づいていた。生まれたのが男の子だったことは、知らなかったけれど」

フウカというのが母の名だった。古林が封筒を手にとると、マダム・ピペは新しい煙草に火をつけた。顔だけ窓のほうに向けて眩《まぶ》しそうに目を細め、顎《あご》を少しあげながら煙を吐く。ひたいに丸みがなく、鼻を除けば断崖のような横顔だった。細い身体に幾重にも巻きつけられた無地のストールは、古林に拘束衣を連想させた。

封筒には、数枚の楽譜が入っていた。

「あなたのお父さんの曲よ。亡くなったとき、部屋に残されていた譜面は、たったそれだけだった。いつ書かれたものかはわからない。録音の類は皆無だった」

近親を失っていた父の遺品整理は、遠い親戚の承諾を得て、大家や友人によってなされたという。

「直筆のものくらいは、とっておいてもいいんじゃないかって話になって、わたしがあずかることになったの」

彼女の褐色《かっしょく》の瞳が、古林の顔をじっとみつめた。

「ほんとうに似てるわね。お父さんに」

「なのでアルコールと女性には気をつけています」

彼女はソファーに腰を沈めたまま仰《の》け反《ぞ》って笑った。傍《かたわ》らの壁には、コントラバスと数本のエレキベースが立てかけられていたが、すっかり埃《ほこり》をかぶっている。もう長いあいだ、彼女は楽器に触れていないのだろう。いまもマダム・ピペの指は、煙草の灰を落とすのに忙しい。

「すでに伝えたように、ほんとうはもう一枚あったらしいの。遺体を発見した男性が、そう証言している」

彼女によれば、晩年の父はアジア系移民の多い地区に移り住んでいた。ある冬の夜、アパルトマンの外階段をなにかが転げる音がして、一階の住人男性がおそるおそるドアから外を覗くと、父が階段の下でうずくまっていた。男性は戸口から「救急車を?」と声をかけたが、父は「大《パ・》丈夫《ドゥ・プロブレム》だ」とそれをことわり、ずいぶん時間をかけて立ちあがると、二階の自室へ向かっていった。

「気の毒に、その男性は転落のことが頭から離れず、その夜、一睡もできなかったそうよ。もともと繊細な神経の持ち主だったの。アルコール依存の自助グループに、同じタイプの人がいたから想像がつくわ。ちなみにその人は、わたしとちがって断酒を貫いたけれど」

彼女は笑ったが、なにもおもしろくなかったので、古林は黙っていた。

「男性は朝を待って、二階の部屋を訪ねてみようと決意した。コミュニケーションの苦手なその人にとって、他人の家のドアをノックすることは、そうとうなストレスだったはず。でも彼は、もう一度、『大丈夫だ』という返事を聞きたかったのね」

戸口で何度か声をかけた男性は、勇気を振り絞って室内に踏み入り、床に倒れていた父を発見した。声なき叫びを発しながら室外に飛びでたところへ偶然大家がでくわし、その後の通報につながったという。

「死因は脳内の出血で、床には嘔吐《おうと》の痕《あと》があったそうよ。階段から落ちたときに頭を打ったのね。ただ解剖の結果、内臓に病気がみつかった。病状は進行していて、事故が起きずとも余命はわずかだっただろうと」

「それで、楽譜が足りないというのは？」

父への哀れみなど感じたくはない——古林は先を促した。

「亡くなって、ひと月ほどが経っていたかしら。彼の部屋へでかけて遺品整理をしていたところに、ふたりの人物が姿をみせた。ひとりは温厚なおばあさんといった雰囲気の大家で、もうひとりは一階の気の毒な住人……つまり遺体の発見者だった。彼は遺体を目にしたショックに加え、もう少しはやく様子をみにいったなら命を救えたかもしれないという自責の念に苛《さいな》まれ、不調をきたして数週間入院。信頼を寄せる大家以外とは、会話もままならない状態に陥っていた」

それでも彼は、退院して真っ先に献花をしたいと、大家に付き添いを依頼し、小さな花束を買って部屋を訪ねてきたのだった。

「彼が床に花を置くのをみながら、わたしは大家に『泥棒でも入ったのかしら』と冗談をいった。そういいたくなるくらい、ものの少ない部屋だった」

するとと大家は、床に散らばっていた楽譜は拾ってピアノの譜面台に置いたこと。同じく床に落ちて折れていたガラス製の付けペンと、インク瓶だけは処分したことを口にした。それ以外は勝手に手をつけたりはしていない――とも。

「床の黒い染みが、血ではなくてインクの汚れだとわかって、ほっとした。そんなことを大家と話していたら、男性がピアノに近づいて、譜面台の五線紙を手にとって眺めだした。わたしが『ほしいの？』と訊ねたら、彼は『もう一枚』と口にした」

まだあげてもいないのに「もう一枚」とは、どういう意味だろう――疑問に感じ、大家を介してやりとりを交わしたところ、遺体発見時に目にしたはずの楽譜が、一枚消えているのだという。

「その人は譜面を読めたんですか？」

古林の質問に、マダム・ピペは手のなかでブランデーを揺らしながら、

「大家曰《いわ》く、記憶力には長けた人だと。音楽の知識はなくても、楽譜を図面として憶えることは不可能じゃないわ。わたしは、あらためて彼の前に一枚ずつ譜面を示してみた。彼は首を横に振りつづけ、そのうちの一枚を『似ている』とはいったものの、『でも音がちがう』と片づけた」

「音《ソン》？」

「ちがうわ《ノン》、音《トン》」

最後のほうがよく聴きとれず、ソン――英語でいうサウンド――といったのかと確認して、マダムに訂正された。トンのほうは、英語のトーンとほぼ同じ発音だ。

「もう少し具体的に聞きたかったけれど、すでに彼には遺体発見時の混乱がフラッシュバックし

ていた」

　以後、男性に話を聞くことは叶わず、ステンドグラス職人の修業中だったという彼は、それもあきらめて故郷の街に帰ってしまったという。

「じゃあ部屋には、ほんとうに泥棒が？」

　父の楽譜など、盗んだところでなんの価値もないはずだ。いったいなんの目的で。

「それはわからない。ただ、最後にそんなエピソードがあったってことだけは、あなたに伝えておきたくて」

「その男性が、消えた楽譜に似ているといったのは……」

「たしか、これ」

　古林の手の束から、一枚をとりあげる。

「未完の習作。たった五小節で中断したピアノ譜よ。左手のベースは、同じ四和音のコードを五回叩くだけ。四小節ならブルースの冒頭になるけど、五小節はやりすぎね。そこにのせる右手はといえば、まるで音符を五線紙の上からばらまいたみたいなありさま。運指の練習《エチュード》にもならない無機的な音の羅列よ。消えた曲がこれに似ていたということは、彼なりになにか狙いがあって、同じようなアプローチを試していたんでしょうけど……」

　彼女はそういいながらブランデーの瓶を傾けたが、すでに空《から》だった。煙草を灰皿で揉《も》み消すと、わずかでも酔いが醒めることを怖れるようにキッチンへ向かい、新たな瓶を手に戻ってくる。

「わたしを恨んでる？」

　彼女が唐突に、そんな質問を口にした。

「恨むほどあなたを知りません」

彼女のほうから連絡をとってこなければ、その存在さえ知らなかったのだ。

「わたしが、あなたのお父さんに近づいたとき、彼とフウカの関係はもう終わっていた」

「誰がそんなことを教えてほしいと？」

「フウカは共同作業者として、すぐれていた。けれど華がありすぎた。『この曲はきみが弾いたほうがいいかもしれない』――ある夜、小さなジャズ・バーのライブで、あの人が最後の一曲を彼女に託した。その演奏がひとたび話題になると、出演依頼の声は彼女にかかるようになった。最初は彼も喜んでいた。どういう形であれ、自分たちの楽曲が、より多くの人に届く機会を得たのだから」

マダム・ピペは、手の震えを制するのに時間をかけて、新しい煙草に火をつけた。

「大きなクラブでの演奏依頼は、店の意向で、耳馴染《みみなじ》みのあるスタンダード・ナンバー中心。でもフウカは、必ず数曲はオリジナルを弾かせてもらえるよう交渉した。より聴衆の印象に残るようにと、メロディに自作の歌詞をつけて、弾き語りまで披露するようになった。彼女は美しく、観客は湧きたった。フウカにとっては、すべてが彼の曲を売りだすための戦略だった」

煙と咳を同時に吐きだしながら、むかし語りはつづく。

「ついに待ち望んでいたスカウトの声がかかった。ただしそれは、フウカひとりに対してのものだった。事務所が提示したデビューの条件は、彼女が歌手として、事務所お抱えの作家がつくった曲を歌うというもの。彼女は事務所に対し、『自分たちはチームだから、ふたり一緒に契約してほしい』と、交渉期間を設けてもらった。拙《まず》かったのは、スカウトがあったこと自体を、あの人に秘密にしていたこと。そして彼が、噂《うわさ》によって、その件を知ってしまったこと」

「父はプライドを傷つけられた？」

「プライドなら、曲に歌詞が加わった時点で傷ついていた。歯車はとっくに嚙み合っていなかったのに、フウカはそのことに気づかず、あの人のほうは気づかないふりを」

関係は急速に破綻《はたん》へと向かった。母はデビューの話を蹴って父と決別し、パリを離れた。

「あの人曰く、ある朝気づいたらフウカの姿は消えていて、よほど急いで荷造りをしたのか、彼のものまで、いくつかなくなっていたとか」

「音楽仲間は、ふたりの仲をどうにかしようと思わなかったんですか」

「わたしたちはフウカに嫉妬《しっと》していたから」

「………」

「どこかのお嬢さんが足をケガしたくらいで、モンパルナスの退廃ごっこ。男をみつけて気まぐれにピアノを叩いたら、あっという間に人気者。おまけに自作の詩までメロディにのせて売り込む始末。みんなで足を引っぱり合う、わたしたちの甘美な泥濘《ぬかるみ》は、彼女のせいですっかり干上がった」

「ぼくでよければ、あやまりましょうか」

「ふっ……けっこうよ」

彼女は煙草の火を揉み消すと、貧乏ゆすりをはじめた。

「ごめんなさい。飲みすぎた」

「気になさらず。貴重なお話でした」

「わたしは彼の新しいパートナーになったけれど、いくら隣でベースの弦を唸《うな》らせても、あの人の心を震わせることはできなかった。やがてわたしたちも関係を解消し、彼は十四区を去った。しばらく経つと、消息は噂にものぼらなくなったわ。そこから五、六年経った頃かしら。フウカが亡くなったという話を聞き、その翌年、あの人も死んだと知った」

父は、最期を迎えたアパルトマンに、二年ほど住んでいたらしい。

「家財を次々処分しても生活を賄えず、なのに借金は酒代に消え……彼が滞納していた半年分の家賃は、むかしの仲間にカンパを募って、どうにか清算した」

「家に残っていた譜面がこれだけということは、晩年の父は、ほとんど音楽に携わっていなかったんでしょうね」

「彼は曲のつくりかたを忘れてしまった」

「母を捨てたのだから仕方ない」

「あの人は、むしろ自分がフウカに切り捨てられたと思っていたはずよ」

「身勝手な思い込みだ」

「彼はフウカを思いつづけていた」

「そんなはずはない。父は母の葬儀にさえこなかった」

「きっと事情があったのよ」

「アルコール漬けの身体が動かなかったという以外に？」

葬儀は、自分と父が会うことのできる、最初で最後の機会でもあったのに——。

「あなたのお母さんがそうだったように、あの人も自分の余命が長くないことを知っていた。母親を失ったばかりのあなたの前にあらわれたところで、自分にできることは、なにもないと思っていたのよ。会うことで、むしろ立てつづけに肉親を失うショックを与えてしまうことになる。あの人は両親を亡くすことの悲しみを知っていた。だから——」

「帰ります」

「あの人の隣で演奏したからわかるの。鍵盤の上をさまよう彼の指は、いつだってフウカの音をさがしていた。彼女がまだ自分のなかにいることをたしかめようとして――」

古林は立ちあがった。マダム・ピペは目を閉じた。

「……楽譜をもっていって」

「いえ。父の最期を聞けただけでじゅうぶんです」

古林はコートをまとい、襟を立てた。

「さよなら《オ・ルヴォワール》、シューイチ」

「さよなら《アデュー》、マダム」


見送りをことわり、うしろ手に部屋のドアを閉めたとき、ガラーン、ガラーン……と、教会の鐘が二度聞こえた。午後二時――たった一時間の会話が半日にも感じられた。

空腹は感じなかった。イヤホンをつけ、パリとは反対方向の電車に乗ってシャルトルでおりる。シャルトル・ブルーと称される大聖堂のステンドグラスもみたかったが、以前から興味のあった、ピカシエット《メゾン・ピカシェット》の家を訪ねることにした。

それは、ひとりの墓守の男と、その妻が暮らした家だった。もともとは素朴な建築物だったにちがいない。ところがあるとき、男が陶器やガラスの破片を拾い集め、それらを貼りつけて自宅や庭を飾りだした。

ピカシェットという名は、この家を造った人物の本名ではなく、彼への嘲《あざ》けりと尊敬の両方が込められた通称だ。もともと「食事をたかる者」という意味をもつ語で、割れた食器をもって歩く様子が揶揄《やゆ》されたのだろう。いっぽうで、彼をそう呼ぶ場合にかぎっては、ピカシェットのピカは大芸術家ピカソに由来するのだとも説明される。

その家は、細い道の先にあった。足もとから、みあげる建物まで、すべてがモザイク尽くしだった。中庭へと至る幾何学《きかがく》模様の小径《こみち》の途中に、小さな礼拝堂があった。深く澄んだ青が印象的な空間は、ピカシェットの祈りに満ちていた。

彼の人生は、決して恵まれたものではなかったらしい。精神を病んでいたという話もある。世界は彼にとって、いまにもバラバラになってしまいそうな、危ういものだったのかもしれない。破片を寄せ集めてつくった家は、崩壊への必死の抵抗にも思えた。死後に評価を受けたという点でも、彼はピカソよりゴッホに喩《たと》えられるべきだろう。

中庭に面した壁の、天井近くの明りとりから陽光が射し込み、タイルを美しく煌めかせていた。礼拝堂のなかを、青い光の粒が、音を立てて飛び交っているようだった。

——拾い集めた欠片で、わたしたちは旋律をつくっていった。

いつかの母の言葉を思いだし、そんなふうに曲をつくってみたくなった。


すっかり日が暮れてからパリに戻り、予定どおり中華の惣菜を買った。ホテルのフロントでキーをもらうとき、マダムがウインクをした。その意味を考えながら部屋に入り、はたと気づいてシャワーのバルブをひねる。勢いは弱かったが、熱い湯がでた。

上着を椅子にかけてテーブルをみると、ミュージアムパスの二日券が置いてあった。古林はそれをもって部屋をでると、螺旋階段の途中からフロントに声をかけた。マダムはシガレットケースを弄《もてあそ》びながら、こちらを斜めにみあげた。

「お湯はでた？」

「問題ないよ《パ・ドゥ・プロブレム》。ところで、このパスは？」

「ニースから遊びにきた妹が置いていった。こっちは寒すぎるって、予定を繰りあげて帰ったのよ。未使用だから、もし観光するようなら」

「高いもののはずだ」

「わたしのお金じゃない《パ・モン・プロブレム》」

マダムが笑う。

「おりてきたついでにコーヒーでもどう？」

古林は、今日が決して悪い日ではなかったように思えてきた。

「明日は、ムフタール通りを歩いてみようと思ってるんだ。若かった母が、そこで踊ったり、詩を売ったりしていたらしくて」

「そう。お母さまに伝えて。いまもパリは自由の街だと」

「お湯を沸かすあいだ、旅先での親切に、お礼をしたいんだけど」

「なにかしら」

古林はマダムにウインクしながら残りの階段を駆けおり、そのまま真っ暗な朝食会場に入っていった。

＊

午後四時四十五分。開演まで一時間あまり。そろそろいかねばならないし、これ以上、鮎沢を退屈な話に付き合わせるのも気の毒だ。店の一階の出入口のドアベルが立てつづけに鳴っている。

二階にも次々と客がやってきて、間もなく席が埋まろうとしていた。客のほとんどがフルーツサンドを注文しており、どうやらこの店の名物らしい。

　窓台に置いていたメガネに手を伸ばしたタイミングで、

「ここのドア、ちょっとだけ耳障りじゃないですか？」

　鮎沢が悪戯《いたずら》っぽい笑みを浮かべながら、小声でそんなことを口にした。

「たしかに、ドアが軋みますよね」

「軋むのはいいんです。そこにベルの音が重なると、なんだかこう、身体がゾクゾクと」

「ああ。ドアベルと軋む音が、ちょうど〈悪魔の音程〉にあるからかな？」

「悪魔？」

「一般には〈トライトーン〉といって、そのまま訳せば〈三音〉ですが、日本語では〈三全音〉。その関係にある二音が同時に鳴ると、きわめて不調和な響きになります。この店はドアの軋む音がシ、ドアベルがその上のファで、トライトーンです。鮎沢さんって、案外感覚が鋭敏なんですね」

「案外」

「あ！　ごめんなさい。つい」

「かまいません《パ・ドゥ・プロブレム》」

「あれ？　フランス語を？」

「むかしファーブルの『昆虫記』を原文で読もうと勉強して、あえなく挫折しました。……そんなことはどうでもいいんです。古林さんのほうこそ、音楽の素養があるぶん、よっぽど悪魔が耳につくのでは？」

「ぼくの場合は、ドアベルの響きで悪魔成分を緩和してるんで」

「緩和？」

「ここのベルは、たしかにファがいちばん大きく聞こえますが、それ以外にも倍音といって、同時に複数の音が鳴っています」

自然な条件において、あらゆる音は、ほかの音を伴って発せられる。とりわけ楽器の音は響きがよく、含まれる倍音を聴きとりやすい。古林の耳に、ベルの音は単音ではなく、はっきり和音として感じられた。

「ポピュラー音楽では、三音以上の和音をコードと称します。不調和なトライトーンも、それがコードのなかに溶け込めば、響きに独特の浮遊感や奥行きを与える、いい味付けになる。ドアが開くたび魞沢さんはゾクゾクし、ぼくのほうはむしろ心地よく感じていたというわけです」

「おもしろいものですね。馴染まないはずの二音が、コードの響きのなかでは不思議と調和して、よい働きを生む。人間関係も音楽に学ぶべきです」

よほど人付き合いの悩みが多いようだ。

「音楽は人生を豊かにしてくれますよ。虫に負けず。……さて、そろそろでましょうか」

「ええ、いつの間にかこんな時間に」

「魞沢さんと会えて愉しかったです。というわけで、ここはぼくが」

「あっ！　それはいけません」

魞沢の右手より一瞬はやく、古林の指が伝票に届いた。

「こっちが誘ったんですから、ごちそうさせてください」

「フルーツサンドを二皿食べてしまいました」

「食べずに悔やむよりはいいじゃないですか」

「……ごちそうさまです。では、これをどうぞ」

鮴沢が、テーブルの上の紙袋を古林のほうに滑らせた。

「インク……いやいや！　けっこうですよ。先ほどもいったように、ぼくは万年筆をつかいません」

「どうか旅のお土産《みやげ》だと思って。それでぼくの気が済むのですから」

古林は店でインクの値段をみていなかった。フルーツサンド二皿より、ずっと高価な可能性もある。とはいえ、いまさら割り勘にしましょうともいいづらい。

「では、ありがたく」

「お母さまは、これをメイクボックスに入れていたと」

「母も化粧品だと思ったんでしょうね」

「はい？」

「マダム・ピペがいってたことですよ。父によれば、ある朝気づいたら母の姿は消えていて、父の所持品もいくつかなくなっていた――夜のうちに部屋をでると決め、急いで荷造りをしたときに、香水瓶かなにかと勘違いして詰め込んだんでしょう。なにしろ母がインクをつかうところは、一度もみたことがありませんでしたから」

「なるほど。では、お父さまがこれを……おや、ちょっと失礼」

鮴沢のスマホが小さな音を立てていた。

「馬庭バッハさんからメールです。道に迷ってないか心配してくれているので、近くの喫茶店にいると返信を……すみませんでした。ええと、最後にお訊きしてもいいでしょうか。古林さんがマダム・ピペから受けとった楽譜ですが、文字は何色でした？」

「色？　ふつうに黒です。さすがに褪せてはいましたが」

「なるほど。たしかに一か月も経っていれば……」

なにを勘違いしたのか、鮎沢がそんなことを呟《つぶや》く。

「一か月じゃなく十五年です。父が死んでから、ぼくがその譜面を目にするまで」

「え？　ああ。はい、そうでしたね」

どうしたのだろう、急に心ここにあらずといった様子だ。唐突にカフェインが切れたのかもしれない。できればコンサートは眠らずに聴いてほしいものだが。

「いやその……じつはですね、悪魔の音程のことを聞いて、あらためて気になったことがあるんです」

「あらためて？」

「トライトーン……音のことをトーンといいますね」

「ええ。全般的な意味での音。歌手の高音をハイトーン・ボイスといったり。あるいは音程や調べ。音の雰囲気とか音色。長調や短調といった調《キー》の意味でつかわれることも」

「先ほどのマダム・ピペの話ですが、古林さんのお父さまの遺体を発見した人物は、後日、部屋に残っていた楽譜をみて、発見時に目にした譜面が消えていると証言した。印象が似ているものはあったが、それについても『音がちがう』と断じて片づけた」

「ええ。そう聞きました」

「その際にも、トーンという表現がつかわれたと」

「ええ。フランス語風にいえば、トン」

古林の返事に魞沢がうなずく。

「マダム・ピペや古林さんには音楽の素養があります。しかも話題は失われた楽譜についてですから、トーンの意味を音に絡めるのは自然なことだと思います。しかし、たとえば音楽経験のない、ぼくのような人間や、修業中のステンドグラス職人が同じ言葉を聞いたとしたら……先に思い浮かぶのは、もうひとつの意味かもしれません」

魞沢が、なにかを示唆《しさ》するように、インクの袋にそっと手を添えた。

「あ……カラー・トーンということですか？」

「はい。同じ調子でも、音調ではなく色調です。『音がちがう』ではなく『色がちがう』……。お父さまの部屋には付けペンとインクがあったといいます。古典的な没食子インクは腐食性がつよく万年筆を傷めやすい。だから、あえてガラス製の付けペンをつかっていたのだと考えれば……」

今度は古林の手が紙袋に伸びる。

「父はまさにこのインクで楽譜を？」

「お母さまにもち逃げされたあとも、同じ品を手に入れてつかっていたかはわかりません。ただ、同じ類のインクをつかっていた可能性はあると思います」

深い青の発色が素晴らしく、書きはじめの鮮やかさは特筆すべきものだそうですよ——古林は、文具店での魞沢の解説を思いだした。

「つまり……ほかの楽譜はすべて黒いインクで書かれていたのに、消えた一枚だけには青いインクがつかわれていた。だから音楽の知識に関係なく、色のちがいだけで、遺体発見時に目にした楽譜がなくなっていると断言できた……そういうことですか？」

折れたペンと倒れたインク瓶は、まさに父が死んだその夜に、それらがつかわれたことを意味するだろう。だとすれば、その青い楽譜は、父が死の間際に書き遺した最期の一枚ということになる。

古林は、鲂沢の推測に、それなりの説得力を感じた。感じはしたが、だからといって、その楽譜が失われてしまったことと、失われた理由が不明であることに、なんら変わりはないのだ——申し訳ないと思いつつ、そう口にすると、鲂沢が「あっ」と声をあげた。

「そうでした……」

「ええ。そうなんですよ」

「はい。インクの説明が中途半端になっていました」

鲂沢が瞬《まばた》きを繰り返す。古林は少し不安になった。このタイミングで、また虫の話がはじまるのだろうか。そうであれば、さすがに遠慮して会場に向かったほうがよさそうだ。

「古林さんは、ブルー・ブラックというのは、どういう色だと思いますか?」

「そうですね……黒味のある青……鲂沢さんがおっしゃったように、深く濃い青をいうのでは?」

「それがちがうのです。ブルー・ブラックは、語順が示すとおり〈黒へと変化する青〉です」

「黒へと?」

「没食子インクは、乾く過程で含まれている鉄イオンが酸化し、色合いが変化することが特徴だと申しあげました。そもそも没食子インク自体に、色はほとんどついていません。書いてしばらくすると紙の上で黒くなってくる。しかしそれでは筆記の最中に文字がみえづらいため、青い染料で着色するようになった。これがブルーの由来です。書いた直後は青くても、水分が飛べば成分が空気に触れて酸化し、次第に文字が黒くなっていく」

鮎沢のいう意味が、古林のなかに染み込んでいった。

「じゃあ、さっき呟いていた、『一か月もすれば』というのは……」

「ええ。遺体発見時には青くても、遺品整理がおこなわれた頃には、譜面の色が変わっていたのだろうと」


もういかねばならない。けれど伝票をつかんだまま、古林は席を立てずにいた。

「要するに……そもそも消えた楽譜など︑な︑か︑っ︑た︑？」

なんの価値もない父の楽譜が、誰かに盗まれたと考えるより、そう結論したほうが、ずっと納得がいく。そして、マダム・ピペからみせられた楽譜のなかには、消えたとされた楽譜と「似ている」ものが交ざっていた。

「じゃあ、あれが……」

中身はほとんど憶えていない。消えた楽譜というエピソードのほうに気をとられ、マダム・ピペが「未完の習作」だと切って捨てたものを、興味をもって眺めたわけではなかった。だが、その譜面をいいあらわした彼女の言葉ならよく憶えている。

――まるで音符を五線紙の上からばらまいたみたいなありさま。

――運指のエチュードにもならない無機的な音の羅列。

そんなものが父の遺作なのか。古林は落胆した。

「……ぼくは今日まで、失われた楽譜に対し、都合のよい幻想を抱いてきたようです」

声に、身体に、力が入らない。コンサートホールへ向かう気力まで、失われていくようだった。

「もしかしたらその曲が、母やぼくのために書かれた可能性はなかっただろうか、と」

「………」

「存在しないものだからこそ、そんなふうに考えることができた。けれど、もう――」

古林は別れの挨拶《あいさつ》をさがした。店をでよう。いますぐ。

だが鮗沢の無遠慮な言葉が、彼をその場に引きとめた。

「だったら、また自分に都合のよい真実をつくりあげたらいいじゃないですか」

古林は驚いた。そんなドライな反応がくるとは思っていなかった。

「急に突き放すんですね」

自分の唇が歪《ゆが》むのがわかった。

「虫インクの謎が解けたら、あとは興味がありませんか」

「そんなことはありません。いろいろ教えてもらったおかげで、音楽への興味が湧いています。たとえば、和音のことをコードというんだな……とか」

「は?」

「たしかコードには、暗号という意味もありましたよね」

どうやら人間関係の下手さにおいては、鮗沢のほうに分があるらしい。

「そうかもしれませんね。フランス語でもコードはコード……まさか楽譜に暗号が仕込まれているとでも? 今度は文字が完全に消えるインクの登場ですか」

「暗号とまではいいません。けれど符号《スィーニュ》にならら思えなくもない」

スィーニュ――サイン。

「サインって……なにを? なぜそう思うんです?」

すると鮗沢が、右手を開いてこちらに掌《てのひら》をみせた。

「曲が五小節だからです」

「……わからないな。まず、あんなものは曲じゃありませんよ。適当に音符をちりばめただけの――」

そのとき店の壁時計が、ボーン、ボーン……と五回鳴って、午後五時を報せた。

「ぼくは音楽を知りません。だから、むずかしいことは考えられない」

魞沢は右手を閉じた。

「お母さまの葬儀のとき、小さな奇跡のような印象深い出来事があった。火葬場から煙がのぼると同時に、教会の鐘が鳴ったんでしたね。そしてそれは、午後五時の時報だった」

古林の手のなかで、皺《しわ》だらけになった伝票が、小さな音を立てた。

「そのときも、鐘は五回鳴ったのでは？」

そう、たしかに鳴った。だから時刻を記憶しているのだ。

「頭を打ったお父さまは、自らの死を明確に意識したのかもしれません」

――床には嘔吐の痕があったそうよ。

「死の間際、走馬灯《そうまとう》が記憶を映すかどうかは知りませんが、自分がもうじき死ぬと考えたとき、やっぱり人は、大切な相手のことを思いだすのではないでしょうか。その人への後悔があったとしたら、なおさら」

――たった五小節で中断したピアノ譜よ。

――同じ四和音のコードを五回叩くだけ。

「まさか《モン・デュー》……」

あの秋の日、乾燥した空気は遠くまで鐘の音を、その倍音まで美しく響かせていた。

「父は、五つの鐘を、五つの小節に……」

曲は未完でも習作でもなかった。母を天に送った火葬場の情景を、父は楽譜の上に写そうとした。自身と母を重ね、死にゆく自分にも、あの鐘を鳴らそうとした。つまり父は……。

「父はあの日、あの場所にやってきていた？」

そして自分と同じように、あの鐘の音を聞いていた――。

「日本へいってしまう息子を、ひと目みるためでもあったはずです」

「ぼくに……そう信じろと？」

それにはこたえず、魞沢は川のほうをみて、

「鮭がのぼってきたようです」

といった。


「知人がこちらに向かっているというので、このまま待つことにします」

魞沢はそういって二階に残った。別れ際、古林は階段の手前で彼を振り返り、

「ピカシェットの本名は、レイモン・イジドールといいます」

と伝えて手を振った。「またいつか《オ・ルヴォワール》」とはいわなかったが、「これきりです《アデュー》」ともいわなかった。ドアベルを鳴らして店をでると、よく知る音楽評論家が前方からやってきた。古林は、顔を下に向けてやりすごした。

橋の上で三人の親子が、手をつないで川をみおろしていた。子どもが「鮭だ！」といって欄干《らんかん》の隙間から水を指さしたが、なぜか両親には、それがみつけられないらしかった。古林は喫茶店を振り返った。窓は夕日に照らされて、魞沢の姿はわからなかった。

ホールについた。開場まで十分、開演まで四十分を切っていた。通用口から入ると、チケットを手に通路で電話をしていた女性が、古林の顔をみて「ひゃっ？」と悲鳴に似た声をあげた。

進入禁止のロープを跨《また》いで階段で二階へあがると、廊下に集まっていた十人ほどのスタッフが、一斉に「ああっ！」と叫んだ。その声のなか、事務所のマネージャーである羽山明日香が、ヒールを鳴らして歩み寄ってきた。

「ご心配とご迷惑をおかけしました。先手必勝。古林は羽山に――その場にいた全員に――頭をさげた。リハーサルの前に緊張をほぐそうと街を歩いていたら、思いのほか遠くまでいってしまい、スマホの電源も切れてしまって。演奏は問題ありません。すぐに準備します」

控室に入って十秒もしないうちに、ノックもなく羽山がドアを開けた。

「これから着替えるんだけど」

「ほんとうに大丈夫なのね」

「もちろん。ぼくはプロだよ？」

ステージではかけないメガネをはずし、小さな洗面台の前に立って、シェービングクリームを顔に塗る。メディアに露出する機会が増えたとはいえ、無精ひげの顔でもすぐに気づいてくれるのは、素人時代の配信動画を知る熱心なファンくらいだ。

「リハーサルが終わったらサプライズでお祝いだって、スタッフがケーキも用意してくれてたのに。誕生日を祝われるのが、そんなに厭なの？」

「今日で、母が死んだ年齢になったんだ」

鏡を覗き、剃刀《かみそり》を頬にあてる。

「もうすぐ母の一生分の時間を生きたことになるのかと思ったら……これから母の年齢を越えて

生きることになるのかと思ったら……なんていったらいいのか、怖くなった。気分を変えたくて、ちょっと散歩のつもりで外にでたら、こうなってしまった」

鏡越しにみる羽山の表情から、険が消えた。

「あなたが自宅から配信をはじめたのは、お母さんがあなたを産んだ年齢になったときだったのよね？」

「母の夢は、ぼくを産んだせいで途絶えた。そんな罪悪感がどこかにあった。母のぶんも、なにかしなければならない。そう思った」

「おかげで事務所《うち》は、あなたをみつけることができた」

「ステージが終わったら、みんなでケーキを食べよう。そのくらいの大きさはある？」

「特大サイズ。でも、すぐに馬庭バッハさんからインタビューを受ける約束が」

「サプライズを浴びたら、ぼくは取材を受けながら食べるよ。もちろんバッハさんにもケーキを。場所はここでいいよね。そうだ、念のためもうひとりぶん、とくに大きめにカットしておいてくれる？」

「ほかにも誰かくる予定があるの？」

古林は手をとめて、羽山のほうへ振り向いた。

「うん。そうなることを期待してるんだ」

十年前。二十三歳のときに、自宅から本名で演奏動画の配信をはじめた。そこから二年ほど経ったある日、ＳＮＳの投稿にフランス語のコメントがついた。それがマダム・ピペからの最初のコンタクトだった。『ピアノを弾く横顔をみて、すぐにフウカの子だと気づいた』——彼女はメールにそう書いてよこした。ほんとうだったのかもしれないし、母の姓を憶えていただけかもしれない。

ステージ衣装に着替え、控室のアップライトピアノの前に立つ。脱いだデニムのポケットからスマホをとりだし、古いメールをさがした。おせっかいなマダム・ピペは、あのあと父の楽譜の画像を送ってよこした。数枚のなかから、目当てのものをみつけて拡大する。

その散漫な右手の譜面が、なにを描こうとしているのかも、いまの古林にはわかった。父は自分と同じものをみていたのだから、想像するのはむずかしいことではない。

小さな磨《す》りガラスの窓が、街路樹の葉を映して、赤と黄色のモザイクになっていた。古林の指が、一陣の風となって鍵盤を弾《はじ》いた。マダム・ピペが無機的とさえ評した八分音符と十六分音符の羅列が、記憶を彩《いろど》る旋律に変わる。控室に散らばった音は、火葬場に降り落ちては巻きあげられる、無数の落ち葉だった。

古林は目を閉じた。左手の指が和音を叩く。赤と黄色に包まれた世界に、あの日の鐘が鳴った。二回、三回、四回……五回。

音の情景《プルール》は唐突に打ち切られる。鍵盤を沈めた指先が震えている。

——泣いてるの？

「……ちがう《パ》。雨《プルー》だよ」

余韻《よいん》はやみ、雨は手の甲に落ちた。

舞台袖に立つと、羽山が水のペットボトルをわたしてきた。ひと口飲んで彼女に告げる。

「演目を変えて、今日のアンコールは『シャルトル』を弾こうと思う」

もともとは、パリ五区のホテルの朝食会場に置いてあったピアノで、フロントのマダムのために奏でた即興曲だった。過剰ともいえる装飾音符が、ひとつひとつの音を丸く包み込み、まるで光の粒が飛び交うような、煌びやかなナンバー。

誰もがその曲名から、

「シャルトル・ブルーと称される、大聖堂のステンドグラスのイメージですね」

というけれど、もちろん古林が思い描いたのは、メゾン・ピカシェットの青い礼拝堂に射し込む光だった。

フランスから帰国した二年後、動画をみた事務所からスカウトを受けた。契約の際に、芸名をもってはどうかと提案された。本名で活動をつづけ、またマダム・ピペのような人にみつかると厄介《やっかい》だ——そんな思いもあり承諾した。芸名は、ピカシェットの本名である、レイモン・イジドールをもじったものだった。

開演のブザーが鳴った。ステージへと踏みだす。歓声と拍手。ホールはまだ照明が落ちる前で、観客の表情までよくみえた。そのときになって古林は、せめて魞沢の座席番号くらい訊ねておけばよかったと後悔した。

魞沢とは、連絡先の交換もしなかった。そういうのを切りだすのは照れくさいし、魞沢のほうも苦手だろう。いくら人間に興味がないからといって——無精ひげが消えたからといって——ステージ上の石戸檸檬が、さっきまで顔を合わせていた相手だということくらい、気づいてくれると期待したい。そうしたら、ふたりにはもう共通の知人がいるのだから、彼が再会の橋渡しを担《にな》ってくれるはずだ。フルーツサンドを二皿たいらげた魞沢を、クリームたっぷりのケーキで出迎える……。

客席の照明が落ちた。ピアノの前に腰掛ける。古林はもうひとつ、オープニングに予定外の演目を加えることにした。スタッフを驚かせることになるが、短い曲だから勘弁してほしい。

いくつかの咳払いがやんだ。鍵盤の指に力をこめる。左手が鐘を打ち鳴らし、右手が凩《こがらし》を起こした。

かつて母が夢に雨を降らせたように、ホールに落ち葉を舞い散らせよう——。

古林は奏でた。鮎沢がみつけてくれた、たった五小節の鎮魂曲《レクイエム》を。

# 黄色い山

五月に彼の喪服姿をみたときも、同じことを感じた。黒いスーツがぜんぜん似合わなそうな人なのに、実際に着ている姿をみると、やけにしっくりくるのだ。

「鮴沢《えりさわ》さん」

バスから降りた彼に声をかけた。こちらに気づき、背中を丸めて駆けてくる。上着から黒いネクタイの先が滑りでて、矢印のように地面をさしながら揺れた。

「どうも三木本《みきもと》さん、ご無沙汰しています」

約半年ぶりの再会だった。季節は進み、鮴沢が抱えるアウターも厚手のものになっていた。

「こちらこそ。まさか今日のうちにいらっしゃるとは」

昨夜十時過ぎ、〈名人〉が町立病院で亡くなった。ここ寒那町《かんなまち》で、三木本と鮴沢がいろいろと世話になった人物だ。訃報を鮴沢に伝えたのは、今朝になってからだった。

「すみません。駅まで車で迎えにいけたらよかったんですが」

「とんでもない。バスに揺られるのは好きです」

最寄《もよ》りのＪＲの駅から町の中心部までは、峠をひとつ越えなければならない。

「車内にまで甘い匂いが漂ってきそうな景色でした」

路線バスは山間《やまあい》を走る。森にはカツラやブナが多く、この時期、それらは鮮《あざ》やかな黄色に染まる。魞沢が「甘い匂い」といったのは、カツラが漂わせる、砂糖を焦《こ》がしたような香気をさしてのことだろう。

三木本と魞沢の出会いは三年前にさかのぼる。寒那町で催された『山を生きる、山を食べる』と題した二日間のイベントに、どちらも町外から参加していた。そのとき三木本はまだ二十代で、猟友会にも所属していなかった。

三木本の目的は狩猟に関する講演。魞沢の目当ては、このあたりで「へぼ」と呼ばれるクロスズメバチだった。二日目のワークショップ後の懇親会では、講師を務めた串呂《くしろ》や、へぼ獲《と》り名人とも親しくなった。名人は誰からも名人と呼ばれていた。

懇親会の翌朝。三木本は散弾銃を手に単独で、いっぽうの魞沢は名人と一緒に山へ入り、そこで事件に遭遇した。串呂が、同じ猟友会のメンバーだった梶川《かじかわ》をライフルで射殺したのだ。

「あの日、ぼくはオレンジ色のキャップをかぶっていました。森のなかで目立つようにと思ったんですが、かえって紅葉に埋没してしまい、危険でした」

魞沢は、そう述懐して目を細めた。

「たしか、それで串呂さんが、青いキャップを魞沢さんに……」

「いや、ぼくのが風で飛ばされてしまったんですよ。ところで名人は、お幾つでした」

「八十六歳。高齢だったとはいえ、串呂さんにつづいて……」

串呂の裁判には三木本と魞沢、そして名人も弁護側の証人として出廷した。串呂は法廷で殺意を認め、殺人罪で懲役刑が確定し、服役中に死亡した。肺の疾患が原因だった。病のみつかった串呂は、生きて刑期を終えることはないと悟り、弁護士に依頼して両親の墓を仕舞い、自身の財産を整理した。

そして今年の春――弁護士から串呂の訃報が届き、三木本と鯱沢は火葬に駆けつけた。名人はすでに体調を崩していて、容易に出歩けぬ状態だった。串呂は病のことを弁護士以外には隠していたので、三木本らにとっては突然の出来事だった。鯱沢は、串呂が山でしきりに咳《せき》込んでいた記憶があるといった。とはいえ、そのときすでに患っていたかどうかは、わからぬことだ。

身寄りのない串呂の遺体は、彼が居住していた、寒那町のふたつ隣の市で荼毘《だび》に付され、市営の共同墓に埋葬されることになった。

串呂の火葬の最中、三木本は弁護士から意外なことを聞かされた。

「じつは一昨夜、名人から電話をもらいまして……」

名人は弁護士からも名人と呼ばれていた。

「……串呂さんを、寒那町の墓所に埋葬したいという申し出があったんです。『費用はすべて自分が負担するから』……と」

しかしながら、共同墓への埋葬は串呂本人の希望であり、その旨《むね》が文書でも遺《のこ》されていたことから、名人の申し出については断らざるを得なかったという。火葬後、鯱沢を伴い寒那町に帰った三木本は、その足で入院中の名人を見舞い、墓の件について訊ねた。

名人は、こうこたえた。

「串呂さんの父親を撃ったのが、信濃《しなの》支部長の息子だったと知った時点で、それを俺が公《おおやけ》にしていれば、悲劇の連鎖は食いとめることができたはずだ」

いまから二十八年前。串呂の父親は、寒那町の山中でキノコ採りをしていた最中に、銃で撃たれ死亡した。彼は腰から白いタオルをさげており、それをハンターが鹿の尻の白毛と見誤って発砲した可能性が濃厚だった。警察は業務上過失致死事件として捜査をはじめた。

事件発生の三年後、当時の猟友会支部長の息子が、車で電柱に突っ込み事故死した。その状況が自殺を想起させるものだったために、彼が誤射の犯人だったという噂《うわさ》が猟友会内に流れた。それは当然、名人の耳にも入った。

その後、捜査に進展はなく、発生から十年が経ち、事件は時効を迎えた。

やがてハンターとなった串呂が、父親の死から二十五年の時を経て、容疑者でもなかった梶川を殺害したのは、事件発生当時、梶川が犯人につながり得る情報を得ていながら、それを警察に伝えなかったと知ったためだった。彼は事件現場の近くで、支部長の息子のものによく似た車を目撃していた。酔った梶川本人が、ワークショップ後の懇親会の席で、そう口にしたのだ。

串呂は梶川の判断を、私欲のための隠蔽《いんぺい》と受けとった。目撃情報を伏せるかわりに、梶川が支部長から、仕事上の見返りを得た可能性があったからだ。梶川は土木会社を経営しており、支部長は地元有数の建設会社の重役だった。

荒い息とともに、名人は悔恨の言葉をつづけた。

「犯人がすでに死んでいたとしても、被疑者を明らかにして、事件にひとつの決着《ケリ》をつけることはできたんだ。そうしたら時効を過ぎてまで串呂さんが……串呂さんの母親も……苦しむことはなかった」

事件後、串呂の母は息子をつれて寒那町を去り、失意のうちに逝った。

三木本は名人を慰《なぐさ》めようとした。

「名人が噂を警察に伝えたところで、証拠もないんじゃ、当時の警察だってなにもできませんでしたよ」

犯人を指し示す物証はなかった。有力な手がかりとなり得たはずの、串呂の父を貫いたライフルの銃弾さえ、警察はみつけることができなかったのだ。

名人は、枕にのせた頭を、駄々をこねる子どものように何度も振った。

「悔やんでも悔やみきれん。あやまってもあやまりきれん。串呂さんの父親が撃たれ、撃った犯人は死に、真相を知らぬまま串呂さんの母親も倒れた」

名人は、死んだ支部長の息子が犯人であることに、疑いをもっていなかった。

「その果てに、串呂さんは恨みの銃弾を梶川に撃ち込んだ。それだって、俺がうっかり口を滑らせ、支部長が梶川に仕事の便宜を図ったなどと吹き込まなければ、起こらなかったことだ」

「名人のせいじゃありません。串呂さんが誤射事件の被害者家族だとは、懇親会の時点で誰も知らなかったんですから」

そう庇《かば》っても、名人は聞く耳をもたず、

「それなのに串呂さんだけが、罪を背負って無縁仏になるなんて、あまりに忍びないと思った。だから俺は、せめてもの供養をと……」

もつれる舌で、そう話した。涙が目尻の深い皺《しわ》をつたうのがみえた。

それからおよそ半年が経ち、昨夜、名人もまた鬼籍に入ったのだった。


三木本は、串呂の裁判が済んだあと、寒那町に引っ越してきた。鮲沢を迎えにでた最寄りのバス停から自宅までは、歩いて五分もかからない。

「最初は、町や猟友会に馴染《なじ》めるか不安だったんですけど、『若いハンターはありがたい』と、受け入れてもらってます」

里にあらわれる鹿や熊は、年々増加傾向にある。

「もっとも移住直後に、名人がぼくをつれて回って、いろんな人に紹介してくれたのが大きかったんですけどね。あれはとてもありがたかった……あ、ここです」

「やあ。すてきですねえ」

いわゆる古民家という風情の一軒家を借りていた。五月に名人を見舞った際は、鮎沢はここには寄らず、病院からまっすぐ駅に戻った。

「リノベーションしてかまわないといわれてるんですけど、そのまま住んでます。屋根裏には、養蚕《ようさん》の名残《なご》りの繭《まゆ》が大量に転がってますから、好きなだけお土産《みやげ》にどうぞ」

鮎沢を二階の客間にとおしてからヤカンを火にかけ、湯が沸くまでのあいだに三木本も着替えを済ませる。ネクタイをしめながら台所に戻ると、窓辺にぶらさげた手づくりの餌台《えさだい》から、日を浴びた栗のように腹の赤いヤマガラが、ひと鳴きして飛び去った。荷物を置いておりてきた鮎沢が、鳴き真似《まね》をしておどけた。

寒い季節は深煎《ふかい》りのコーヒーが旨《うま》い。鮎沢が甘党なのは承知で、お気に入りの一杯を淹《い》れた。ひと口飲んだ鮎沢が予想どおり「苦い」といったので、三木本は笑って砂糖とミルクをもってきた。そうして十五分ばかり、互いの近況を簡単に報告し合った。

「さて、そろそろいきましょうか」

田舎《いなか》といわれる寒那町でも、最近は通夜《つや》が省略されることが多い。おこなわれたとしても簡素化の傾向はつよく、今日も午後五時からとはやめにはじまり、通夜振る舞いはないと聞いていた。名人に妻子はなく、葬儀は遠縁の親戚によって営まれるという事情を考えれば、仕方のないことだ。

五キロほど離れた名人宅へ車で向かう途中に寺があり、「明日の葬儀はここで」と鮎沢に伝えた。もし串呂に遺言がなければ、名人の意向で彼もここに眠っていたということか。だが当の名人も、遠からず無縁仏になるかもしれない……そう思うと、急な寂寥《せきりょう》が三木本の胸に迫った。

名人宅は前庭がひろくないため、弔問客《ちょうもんきゃく》の車は近くの空き地へ誘導された。木造平屋の玄関先で受付を済ませる。玄関の右手に八畳ほどの居間と小さな台所があり、正面奥はトイレと浴室、それに洗面所だ。名人の生前、三木本はこのふたつのスペースにしか出入りしたことがなかった。

短い廊下を左手へ進んだいちばん奥に、棺の置かれた仏間があった。床の間に仏壇はなく、そのかわりにか、木製と思《おぼ》しき大小の仏像が置かれている。手前の部屋は寝室らしき六畳間で、襖《ふすま》をとりはらい、仏間とひとつづきにしていた。三木本と鮍沢は六畳間のほうに場所をみつけて座った。

読経のなか焼香を済ませ、棺の顔を拝む。昨年脳梗塞《のうこうそく》に倒れ、最期は誤嚥《ごえん》性《せい》肺炎を起こしたと聞いていたが、名人の表情は穏やかだった。

寝室の窓からみえる裏庭には、鮮やかに色づいたイチョウの樹と物置小屋、そして何基もの、へぼ用の養蜂箱《ようほうばこ》があった。病に倒れて入退院を繰り返すなかでも、ときおり手入れをしていたのだろう、庭に荒れた様子はなかった。ここから死角になっている屋根の庇《ひさし》の下には、薪《たきぎ》や原木が整然と積まれているはずだ。

一時間ばかりで通夜が済み、駐車場になっている空き地に戻ると、役場の農林課の錦《にしき》課長とでくわした。

「ああ、三木本くん。今日はどうも……あれ？　もしかしてそちらは鮍沢さん？」

「これはこれは、課長さんじゃありませんか」

「いやいや、どうもご無沙汰して。ぜんぜん気づいてませんでした」

「ぼくもです。相変わらず、お元気そうで」

梶川殺害事件の前夜、ワークショップ後の懇親会で、酔って荒ぶる梶川をなだめていたのが錦だった。彼もまた、「自分がもっとつよく梶川さんを制していれば、翌日あんなことには……」と、事件に大きな後悔を残した人物だった。長く猟友会に関わっており、三木本が引っ越してきたときは、仕事の斡旋《あっせん》も含め、ずいぶん面倒をみてくれた。その後もなにかと気にかけてくれて、二十以上の年齢差があるにもかかわらず、いまでは友人のように気安い仲になっている。

「お疲れさまです。忙しそうですね」

名人の葬儀の大部分は、錦が仕切ることになったと耳にしていた。三木本が労《ねぎら》いの言葉をかけると、

「仕方ないさ。名人には、俺が二十代の頃から、ずいぶん世話になったから」

と、錦は笑顔を返してきた。名人の親戚は、遠縁であることを理由に、自分たちが葬儀をだすことについて当初拒んだらしい。それをどうにか説得したのが錦であり、そのかわり実質的な段取りは、ほとんど彼が請け負うことになったという事情があった。

「今日は、錦さんが名人の家に泊まるんですって？」

そう訊ねると、錦は「ああ、うん」と首を縦に振り、

「名人を、ひとり放っておくわけにもね。親戚のかたがたは旅館に泊まるもんで……そうだ、ふたりも今夜おいで」

「え？」

「旨い酒を用意しておくから、名人を囲んで思い出話といこう。布団は足りないけど、押入れを覗《のぞ》いたら寝袋があった」

「本気ですか？」

「正直なところをいえば、明日は朝から手伝ってもらえるとありがたいんだ」

鮎沢の顔をみる。表情が「いいんじゃないですか」と語っていた。

「わかりました。何時頃にきたらいいです？」

「このあと明日の準備もあるから、ちょっと遅いけど九時にしよう。もちろん普段着で、喪服だけもってくるのを忘れずに」


鮎沢とふたり、町内の温泉施設で時間をかけて入浴し、食堂で軽く夕食を済ませた。帰宅後そろって居間でうとうとし、九時を待ってふたたび名人宅を訪ねる。

「いらっしゃい」

家主のように登場した錦は、上下ジャージ姿で、すでに顔が赤らんでいた。

玄関先の冷気を押しやって、居間のほうから甘く香ばしい匂いが漂ってくる。

「ちょうど温めなおしたところ」

台所を覗くと、テーブルに鰻《うなぎ》が六尾ならんでいた。

「うわ！　こりゃすごい」

「名人の好物で追悼だ。蒲焼きと白焼きがあるから、各自皿にのせて」

「ひ、ひとり二尾ずつ？」

鮎沢も興奮している。

「鰻屋に追加注文できるか訊いたら、めずらしく『何尾でもどうぞ』なんていうからさ。はは、調子にのっちゃった」

錦は笑いながら、県産ワインの赤と白をひと瓶《びん》ずつ冷蔵庫からだした。

「ワインが少し甘口だから、鰻には山椒《さんしょう》をたっぷりふるといい。三木本くん、そこのグラスお願いね」

通夜につかった六畳間に移動する。仏間とのあいだの襖は、とりはらわれたままだった。小さな灯油ストーブが点いてはいたが、仏間のほうを暖めないようにするためか火勢は弱い。居間からもってきた円卓に料理をならべ、三木本と魞沢が先に座布団に落ちついたところで、

「さ、名人にも」

錦がそういって、白ワインをついだグラスを棺のそばに置いた。

「名人はワインも好きでしたか」

魞沢の質問に、錦が笑って、

「いや、飲まなかった。でもさ、亡くなってからチャレンジすることがあったって、いいと思わない？」

と、赤い顔で適当なことをいった。

「しまった。考えてみたら名人のぶんの鰻がないぞ」

「ご高齢でしたから鰻はもたれるでしょう。香りだけでじゅうぶんかと」

魞沢のほうは、酔う前から適当なことをいった。もっとも名人に対しては、生きているうちから、ちょくちょく失礼なことをいっていたが。

グラスを手に、錦があらたまって挨拶《あいさつ》をする。

「こうして集まってもらえて、名人も喜んでいることと思います。今宵《こよい》は大いに思い出を語り合いましょう。それでは名人に」

献杯――と声を合わせ、短い黙禱《もくとう》ののち、そろって足を崩す。肴《さかな》には三木本の持参したジャーキーも加わった。町内の山で仕留めた鹿の肉だった。

「この薬味はなんですか」

鮎沢が小さな瓶をとりあげた。

「山椒の実の塩漬け。白焼きに合うと思うよ」

「これまたオツな。名人の弔《とむら》いを、こんなかたちでできるとは思いませんでした」

「鮎沢さんとは二年ぶりになるかい？　串呂さんの裁判が終わった頃に、一度こっちにきたもんね」

「今年の春にもきたんですが、その際は入院中の名人を訪ねただけで」

「ああ。そういえば三木本くんから聞いたよ。名人、串呂さんの父親が亡くなった事件のことばかり話してたとか」

「ええ。課長さんは、その当時の支部長とも当然懇意に？」

「うん。たいへん世話になった。信濃重吉《じゅうきち》さんといってね。もちろん息子のほうとも付き合いがあった」

息子のほうは信濃健一《けんいち》といった。

「彼とは幼馴染《おさななじ》みでね。学年は向こうがふたつ上だったんだけど、俺はずっと『健一くん』と呼んでいた」

串呂が梶川を殺害したことで、過去の誤射事件がふたたび取り沙汰されるようになり、犯人と噂された信濃健一の名は、当時を知らぬ若い町民の耳にも届いた。

「健一くんを直接知らないと、人を銃で撃って逃げたなんて、どんなに横暴な人間だったのかと思うだろうね。たしかに家は裕福だったし、子どもの頃はそれを鼻にかけて憎たらしいところもあった。でも『自分さえよければ』なんて、そこまで身勝手な人間じゃなかった……と、俺は思ってる」

喋《しゃべ》るには燃料が必要とばかりに、錦はハイペースでワインを減らしていく。

「地元の有力者を親にもつ不幸っていうのは、実際あるもんだよ。子どもの頃から、どこにいっても肩書きは『重吉さんとこの跡継ぎ』。銃をもったらもったで、『若いときの親父さんはもう少し上手《うま》かった』だもん。ことあるごとに父親をもちだされちゃ、多少ひねくれたって仕方ないさ」

ただ実際に、信濃健一の猟の腕は、なかなか上達しなかったらしい。鹿などの大物狙いでは、集団で役割を分担しながら獲物を追い詰める場合も多い。誰しも最初は、ベテランの足手まといになりながら経験を積むものだ。しかし何度やっても仲間に迷惑をかけるようでは、いくら支部長の息子とはいえ、次第に気もつかわれなくなる。

「それでいながら、鉛の弾を嫌って銅弾をつかい、猟友会としても規制に動くべきだなんていいはじめたもんだから、なおさら古参ハンターのウケが悪くなってね。鉛弾が被弾した動物以外にも中毒を引き起こすと明らかにされた現在でも、北海道以外は規制がなかなか進まないのが実状。それを四半世紀も前に啓蒙《けいもう》したところで周囲の無理解も当然だった。……いや、当然なんていっちゃダメなんだけどさ」

柔らかい鉛の弾頭は、命中して変形することで動物の体内にとどまりやすく、とどまることで組織に衝撃を伝える。いっぽう銅弾は、貫通力があるぶん殺傷力に劣るとされ、命中率も低く値段ばかり高い——それが町の古参の評価であり、大物には鉛弾というのが彼らの常識なのだ。

錦はストーブに焼き網を置いて、三木本のもってきたジャーキーをならべた。

「健一くんは、彼なりに地域と狩猟の未来を考え、父親世代にはできない提案をした。ただそれを進めるには、銃の腕以上に、要領と根回しの手腕が必要だった。それこそ父親のようにね。しかし彼には、そのへんの才覚はなかった。ひとことでいえば不器用だったんだ、手先も生きかたも。そのうち重吉さんのほうも、人の集まる場所に、健一くんをあまりつれて歩かなくなった」

「いま、信濃さんの親族というのは？」

魞沢が訊ねる。

「町内にはいない。ひとり息子の健一くんが独身のまま逝って、そこから二年も経たないうちに重吉さんも病死。奥さんは健一くんが中学の頃に亡くなってたし、夫婦ともに、きょうだいはいなかった」

「名人と信濃重吉さんは、同級生だったんですよね？」

質問をつづけながら、しかし魞沢の目は炙《あぶ》られるジャーキーにそそがれている。

「学校は別々だけどね。名人はこの町の生まれじゃないから」

「あ、そうなんですか」

「戦後十年くらいして移り住んだっていってたかな。この町も、いまほど過疎《かそ》になる前は、他所《よそ》者《もの》に厳しかった。そんななか同級ということもあって、重吉さんがずいぶん面倒をみたらしい。それこそ名人は戦争で身寄りをせんぶ亡くしてたから、ありがたかったと思う。重吉さんのほうは名人のことを親友だと思ってたみたいだけど、名人は重吉さんを兄貴分として慕っていたから、いつもかしこまってたね」

「なるほど……さて名人にも、そろそろおかわりを」

魞沢がボトルを手に椬に近寄った。名人のグラスの白ワインを飲み干して、なみなみと赤をそそぐ。わずかにあふれたワインが畳にこぼれ、鯏沢はそれを指で拭《ぬぐ》おうとしたが、かえって滲《にじ》みが大きくなった。

「課長さん、この包みはなんでしょうかね」

粗相《そそう》を誤魔化《ごまか》すように鯏沢が訊ねた。

「包み？　ああ……あれのことかな」

錦も棺に寄って、なかを覗き込む。三木本も気になって、ふたりのそばへいった。

棺のなか、名人の顔のそばに、白い布に包まれて円筒状にみえるものが置かれている。大きさは三十……いや四十センチくらいはあるか。

「これはね、仏像。先週だったかな、名人から病院に呼ばれて。『押入れに小さな仏像があるから、俺が死んだら棺に納めて一緒に火葬してほしい』……そう頼まれたんだ」

その時点で、この家の鍵をあずかったのだという。

「名人が彫ったものらしい」

「ほう。自作の」

「仏間にあるのも、みんなそうだよ。手先の器用な人だったから、狩猟の道具も、へぼの巣箱も、ちょっとしたものは自分でこしらえた。仏像彫りをはじめたのは、戦争で亡くなった身内の慰霊がきっかけだったそうだ。戦火で家族も故郷も失って、墓も仏壇もない。仕方なく、自分の手で拝む相手をつくったのが最初だった……と」

錦は包みをとりあげて、布を剝いでいった。でてきたのは頭の丸い、合掌《がっしょう》する仏像だった。高さはやはり四十センチほど。胴回りの径は十数センチ……両手でつくった輪に入るかどうかといったところか。

「地蔵菩薩《ぼさつ》……まあ、いわゆるお地蔵さまだ」

お地蔵さまといわれれば小さく感じるが、家に置く仏像としては、なかなか立派なサイズだ。薪にするなら半分に割ってもいいくらいだと罰当《ばち》たりな考えがよぎり、心のなかで名人にあやまった。

「やっぱり木製なんですね」

三木本がそう呟《つぶや》くと、錦は「そりゃそうだ」と笑いながら、

「木以外の仏像だったら、いかに名人の頼みでも棺には入れられなかった。町の火葬場は炉が古いから、燃え残る副葬品は嫌われる。最近はあまりやらないけど、ひと昔前は六文銭がわりに棺に十円玉を入れて、それが変形もせずでてきたもんだ」

「そういえば何か月か前の町の広報誌に、炉の更新を検討中って記事がありましたね。規定の八百度はクリアしてるから有害物質が発生する心配はない——って書いてましたけど、ほんとですか？」

「それは生活環境課に訊いてくれ」

「あ、逃げた」

「それにしてもシンプルな仏像ですねえ」

町の汚染について心配する必要のない鮎沢が、とろんとした目つきで、そんな感想を口にした。たしかに飾り気がなく、台座なども付されていない。傷はなく、形もととのっており、これといって悪い点はないのだが、かといってすぐれた出来とも思えなかった。

仏間には何体もの仏像がならべられている。そのなかにはよっぽど上出来なものもあるのに、なぜ名人があの世へつれていくのが、この一体なのか。不思議に思っていると、錦が手にした像

をじっとみつめながら、

「やっぱり双子のようにそっくりだ」

いかにもしみじみと、そういった。

「むかし信濃家にも、これとよく似た仏像があったんだ。重吉さんは名人に彫りかたを習ったと話していた。名人の彫像の腕は、町民の知るところだったから」

「ということは、信濃さんのところにあった仏像も、手彫りだったわけですね」

鮎沢が話に前のめりになった。酔って身体《からだ》が傾いただけかもしれない。

「うん。その際に、名人が手本として彫ってみせたのが、このお地蔵さまらしいんだ。そんなものが存在したとは、先週話を聞くまでぜんぜん知らなかったんだが……」

「信濃家のほうの仏像は、いまはどこに?」

「重吉さんが亡くなったときに副葬品として納めた。今回とまったく同じで、やっぱり俺が布で包んでね」

「それも事前に頼まれて?」

「いや、重吉さんの場合は急死だったから、本人からはなにもいわれてなかった。俺がそうしたくて、親戚のかたと相談し、一緒に火葬する許可をもらったんだ」

ジャーキーの焦げる匂いが漂ってきた。

「遺されても扱いに困るような品だったし、なにより重吉さんと一緒にあの世にいくのが、あの仏像にとって、いちばんいいと思ってね」

「と、いいますと?」

「あれは重吉さんが、先に亡くなった健一くんを彫ったものだったから」

風がでてきた。色づいた葉を散らして、山に冬を迎え入れるための風だ。ガタガタと窓の鳴る音に交じって、ぽりぽりと軽快なリズムが耳に届く。鰍沢が漬物を噛んでいた。錦は日本酒の四合瓶を開けて、中身をすべてヤカンにそそぎ、網をずらしてストーブの端にのせた。

「材料の木は……カツラですかね」

「お。三木本くんも目が養われてきたじゃない。農林課にくる？　信濃さんのとこにあったのも、やっぱり材はカツラだったよ」

誉《ほ》められて気分をよくし、観察をつづけた。像の前面と背面で色調や木目がかなり異なる。左右の側面をあらためると継ぎ目がみつかった。

「寄せ木ですね」

「そう。名人の手法は一木造りだったから、本来のやりかたじゃない。仏像彫りに関しては贅沢《ぜいたく》な木のつかいかたをする人でね。いくら原木が大きくても、彫像用につかうのは一部分のみという、こだわりがあった」

「木材にもシャトーブリアンみたいな部位があるんですかね」

三木本は冗談を口にしながら、鰍沢の皿に焦げたジャーキーを置いた。

「はは、そうかもしれない。名人曰《いわ》く、重吉さんが用意した材木は径が小さかったために、それなりの像をつくるには寄せ木にするしかなかったそうだ。だから見本も、それに合わせてつくったと」

すぐれた出来にみえないのも、初心者の腕に合わせて彫ったためということか――三木本はそう考えて、ひとまず納得した。

「つまりそのときは、名人よりもむしろ信濃さんのほうが、材料にこだわったと?」

鮎沢が、ジャーキーに山椒の実をのせながら訊ねる。甘党だが痺《しび》れにはつよいらしい。錦はうなずいて、

「信濃家のカツラを材料にしたそうだ。ただのカツラじゃなく、健一くんの誕生祝いの記念樹だった」

と、こたえた。

「健一くんが亡くなったのが誤射事件の三年後で三十四歳だったから……もう二十五年も前か。初七日《しょなのか》が済んだ途端に、重吉さんが自宅にこもるようになってね。俺を含め、周囲はそうとう心配したんだが、どうやら名人とだけは交流があるようだと、近所の人から伝え聞いた。そんな状態が数週間……いや、もう四十九日の法要が迫っていたから、ひと月くらいはつづいたのかな」

そのとき錦は三十二歳。人当たりがよく役場期待の若手だった――とは本人の弁だ。

「久しぶりに家にあげてもらって、『どうしてたんです?』と訊ねたら、『しばらく仏像を彫っていた』と。『どうにか健一の四十九日に間に合わせたくて。はじめてだったから、ずいぶん時間がかかった』……と」

名人に教えを請いながら彫りあげたという仏像は、仏壇に直接のせるには大きく、床の間の空《あ》いたスペースに置かれていた。錦は近づいて仏像を眺めると、とくに深い考えもなく「材はカツラですか」と口にした。すると信濃重吉は、いやに驚いた様子で「みてわかるのか?」と訊き返してきた。錦は「事務方とはいえ農林課ですから」とこたえ、仏像に関しては「よいお顔をしています」とだけ感想を述べたという。

「そのあと、健一くんの四十九日法要の日に、また重吉さんとふたりきりで話す時間があった。

そのとき唐突に、仏像につかったカツラの由来を聞かされたんだ」

——材は裏庭のカツラを切った。

——健一が生まれたときに植えた記念樹だった。

「カツラは高くまっすぐ伸びる樹で縁起がよいとされる。だから仏像にもつかわれるし、この地方で記念樹として植える文化がある」

「山にいけばいくらでもあるような樹を？」

「だからだよ。寒那の土と相性がいいってことだから」

信濃家は、山を背にした、やや高台に建っていた。その裏庭は、ちょっとした林みたいなものだったらしい。いまは屋敷もなく、裏庭と山の境界も消えてしまっていた。

錦はヤカンの酒を湯呑みについだ。

「重吉さんは記念樹を……つまり健一くんを、地蔵菩薩にしたってわけ」

ぬるいのか、湯気はほとんど立たない。

「菩薩っていうのは、如来《にょらい》とちがって、まだ悟りを得られていない仏さまのことだ。何十億年とつづく修行の道程に身を置いている。ほんとうに健一くんが誤射事件の犯人だとして、それを重吉さんが疑っていたとして、記念樹で菩薩を彫ったのは、健一くん以上に被害者のことを供養したい気持ちからだったんじゃないかと思う。息子に対し、死んだあとも被害者にあやまりつづけろと、長い贖罪《しょくざい》の道を課したんじゃないか……ってね」

それはつまり、信濃重吉が、自分自身に贖罪を課したということなのだろう。

「……あれ？　なんか俺、酔って変なこと喋ってるかい？」

錦は照れ隠しなのか「ははは」と朗らかに笑い、「顔を洗ってくる」といって洗面所のほうへ向かった。三木本は、皿の上ですっかり冷めてしまったジャーキーを嚙んだ。さっぱりした顔で戻ってきた錦の手には、透明な液体の入ったコップが握られていた。

「水ですか」

「いや、向こうに焼酎《しょうちゅう》があった」

「日本酒を燗《かん》してるのに」

「それはきみらでやりなさい」

「かひょうさんら」

鮴沢が謎の言葉を発した。少し考え、脳内で「課長さんが」と変換する。酔って舌がもつれているのだ。

「……課長さんが、信濃重吉さんの棺に仏像を納めた事情はわかったとして、じゃあ名人が、この仏像を副葬品に指定したのは、どういうわけでしょう。課長さんのおっしゃるとおりであれば、この地蔵菩薩は初心者向け講習につかった手本の品。秀でた作はほかにいくつもあるのに、それらをさしおいて、あの世へ一緒にいこうというからには、とくべつな理由があるはずです」

その点は三木本も抱いた疑問だったので、こたえを知りたかったのだが、錦もまた首をひねって黙り込んでしまった。仕方なく、三木本自身あらためて考えを巡らせてみた結果、ひとつの可能性が浮かんだ。

「たとえば、この仏像も、信濃健一の記念樹を材料にしたものだとは考えられませんか？　スペアといっちゃなんですけど、信濃さんがどうしても上手く彫れなかったときには、かわりにこれを供えてもらうつもりでいたとか。……まあ、それを仏間ではなく押入れにしまっていた点は、相変わらず疑問ですけど……」

ちょっとした思いつきだったが、錦は「なるほど」と唸《うな》った。

「名人にとってみれば、健一くんは世話になった友人の息子。親戚の子どもように可愛がった時期があってもおかしくない。その記念樹で彫った仏像となれば、たしかに、それなりの思い入れがあるだろうな」

「であれば、まさしく双子の仏像ですねえ」

そう相槌《あいづち》を打った鮎沢が、まだ焼酎が残っている錦のコップに、ヤカンの日本酒をつぎ足した。

風がつよくなってきた。葬儀を前に嵐がくるのだろうか。錦が立ちあがって、窓から裏庭を眺める。六尾の鰻は皿からきれいに消え、ワインのボトルはどれも澱《おり》だけ残して空《から》になり、ストーブにのせた網からジャーキーの脂がときおり黒い煙を立てる。空焚き状態になっていたヤカンは、さっき慌てておろしたばかりだ。

「しまった。もう一品あったのを忘れてた」

錦が真っ暗な庭をみながらいった。

「もうたくさんですよ」

「そういうなよ三木本くん。せっかく妻がもたせてくれたんだから」

錦が瓶ビールと一緒に冷蔵庫からもってきたのは、キノコの和《あ》え物《もの》だった。一見マイタケに似た印象だが、それにしては色が明るい。

「マスタケといってマスは魚の鱒《ます》。和えてるからわかりづらいけど、少し赤みがある。サーモンピンクだから鱒茸《たけ》ってわけ。鮎沢さんはキノコなんかにも詳しいんじゃない？」

「……以前、うっかり毒キノコを食べかけたことがあります」

「はっは。そうなんだ。こいつは寒那の秋の名物でね。町内の山じゃ、カツラの倒木に生える。……いや、またむかしの話になっちゃうけど、串呂さんの父親も、このマスタケ採りの最中に撃たれたんだ。町民は、みんなそれぞれ秘密の場所をもっていて、それを誰にも教えようとしないから、行方《ゆくえ》不明になってから発見まで少し時間がかかった」

「当時を知らない自分が、こんなことといっても仕方ないですけど、ほんとに現場に手がかりはなかったんですかね？　弾がみつからないにしても、遺体のほうに痕跡が残ってたんじゃ？」

「銃創《じゅうそう》から微量の金属片は採取されたが、銃や弾の特定には至らなかったと聞いている。たとえば銅が検出されたとしても、鉛弾だって銅コーティングのものは多い」

錦はマスタケの和え物を口に入れると、瓶ビールの栓を抜いた。

「カツラはまっすぐ伸びるが、途中で折れると、根もとから複数の幹が立ちあがった、いわゆる〈株立ち〉した樹になる。マスタケのとれる倒木の近くには、当然そういうカツラがあって、誤射事件の現場付近にも多い。最近になって事件のことを知った子どもたちが、『被害者の怨念が乗り移ってカツラが変な形になった』なんて噂してるよ。まったく、どこの大人が吹き込むのか、そんなふうにして山に怪奇譚《たん》は増えてゆく……鮲沢さんも、虫をさがして頻繁《ひんぱん》に山に入ってると、怖い話のひとつやふたつもってるでしょ？」

「そうですねえ……森で幽霊をみたという人から直接話をうかがったことはありますが、結局それも……」

「あ、そうだ。幽霊といえば」

錦は自分で質問しておきながら、あっさりと鮲沢の回答を遮《さえぎ》った。

「名人が、亡くなるちょっと前に、『夜になると病室に串呂さんが訪ねてくる』って、いってたんだよ」

「は？」

三木本と鮖沢、ふたり同時に声がでた。

「それがつらいって嘆くから、『串呂さんが怖い顔で睨《にら》むんですか？』と訊いたら、『ちがう、やさしい顔でうなずくんだ』と。『赦《ゆる》されていることが、よけいにつらいんだ』と。もちろん夢か幻覚だろうけど、もしかしたら死期が近づいた人は、生きながら向こうの世界と交信できるようになるのかもしれないね。あれ、俺また変なこと喋ってる？」

ちょっとおかしな空気になって、鮖沢のエピソードを聞かぬまま話は流れてしまった。

「鮖沢さんは、いつまでこっちにいるの」

「明日戻ります」

「虫採りはしないで？」

「葬儀直後に浮かれるわけにもいきませんので」

どこに隠していたのか、鮖沢がアーモンドチョコを一粒口に放り込んだ。

「そもそも、こんなに寒くちゃ、なにも採れないかい？」

「それこそカツラの朽ち木を崩せば、なにかしらみつかるとは思います」

「もしほんとに木を割るなら、三木本くんから鉈《なた》か斧を借りたらいい。ただし、マスタケ採りの縄張り争いには巻き込まれないようにね。はっは」

「なんならチェーンソーもありますよ。縄張り争いにも効果を発揮するかと」

「そうそう……って、猟にでるとき以外は刃物を車からおろしてるだろうね？　銃刀法違反でやられちゃうよ」

「ご心配なく。そういえば、懇親会の夜に梶川さんがいってましたよね。誤射事件が起きたことで、ハンターに対する警察のしめつけが厳しくなったと」

それ以前は、銃の管理や刃物の所持について、違反を見逃してもらえることもあったらしい。

「なんだよ三木本くん、また話を戻す？」

錦は赤い頬《ほお》をかいて、なおさら赤くした。

「違反はもちろんいけないことだ。だけど当時は、警察の依頼で熊狩りに出動したハンターが、民家の近くで発砲したことを理由に送検されたりと、極端な事例があらわれた。反発した猟友会のメンバーが警察署に乗り込む事態まで発生し、支部長だった重吉さんは司法との関係改善にずいぶん頭を悩ませた」

「犯人逮捕に結びつく情報を提供していれば、関係悪化も防げたんじゃないですか」

三木本の皮肉に、錦は苦々しい顔をみせる。

「……梶川さんから車の目撃情報を聞いたあとも、重吉さんは息子が犯人じゃないと信じていたんだと思う。もっと正確にいえば、信じたかったんだと思う」

「猟友会の支部長として？」

「父親としてだよ。大学に馴染めず家に戻ってきた健一くんに銃をもたせたのは、家にこもりがちだった彼を心配してのことだし、猟友会に入れたのも、外の世界との交流が絶たれないようにという配慮だった。それに健一くんがおとなしく従ったのも、べつに重吉さんに逆らえなかったからじゃなく、自分を案じる父親の気持ちをわかっていたからだ。彼は彼なりに、重吉さんの期待にこたえようとしていた。もっといえば、重吉さんにだけは見離されたくないと思っていた。いまになって誤射事件が蒸し返され、甘やかして育てたのが悪いという人もいる。たしかに重吉さんは健一くんに甘かったし、健一くんも父親の庇護に甘えていただろう。でもそれは、はやくに亡くなった母親のぶんまで、重吉さんが健一くんを守ろうとしたからだ」

信濃父子《おやこ》を庇うような錦のいいかたに、三木本は少し腹を立てた。

「結局、錦さんは信濃健一が事件に関わったと思ってるんですか、思ってないんですか？　信濃重吉が息子の記念樹で仏像を彫ったのは、誤射事件の被害者への贖罪だった——錦さんがそういったんですよ？」

「いや……だからそれは健一くんが亡くなったあと、重吉さんに心境の変化があったってことで……ああいう形で命を落とせば、やっぱり息子は犯人だったのかもしれないと思うじゃない」

信濃健一の交通事故は、峠を隣町方面にくだったあたりで起きたという。カーブを曲がりきれず……ということになっているが、ブレーキ痕はなかったそうだ。躊躇《ためら》いなく電柱に突っ込んでゆく様子を、対向車線を走っていた路線バスの運転手が目撃していた。

「ああ、もういいよ。古い話はたくさんだ。そういえば鮲沢さん、北海道で遺跡の発掘をしてたんだって？」

錦は無理やり話題を変えた。遺跡のほうがずっと古い話じゃないですかという突っ込みは飲み込んだ。

「発掘はしていません。発掘された遺物調査の手伝いを」

鮲沢はそろそろ限界が近いようで、上半身が揺れていた。

「ああ、整理作業員。おもしろかった？」

「コクゾウムシが混ぜられた痕跡をもつ〈圧痕土器《あっこん》〉というのがありまして」

「さすが！　どこへいっても虫だ」

「ちょっと錦さん、あんまり大声だすと名人が目を覚ましますよ」

「いいじゃない。むかしは通夜といったら賑《にぎ》やかにおこなったもんだ。重吉さんが亡くなったときにも、俺と名人で交替しながら寝ずの番を……」

そのとき、ゴォッとひと際つよく風が唸り、玄関の戸が烈《はげ》しく揺れた。錦が幽霊の手真似をしながら、

「もしかして名人が訪ねてきたかな？　俺も仲間に入れろ……って」

「そんなはずないでしょ。まだそこに寝てるんですから、わざわざ外から訪ねてきませんよ」

「じゃあ串呂さんだ。きみらふたりの夢枕に立つつもりかもしれないぞ」

「やめてください、怒りますよ。ねえ鮃沢さん」

「ぼくは……串呂さんなら、ちょっと会いたい気もします……」

「はは。こういうのはたいてい、会いたい人のところにはきてくれないんだ。なんにせよ、これ以上悪いことが起きなきゃいいね」

「なにも起きませんよ。もう悲劇の連鎖は終わったんですから。ねえ鮃沢さ……ん？」

一瞬、そこにいたはずの鮃沢が消えてしまったのかと思った。もちろんそんなはずはなく、彼は横になって円卓の下に潜り込み、苦しそうに寝息を立てていた。


風は夜のうちにやんで、穏やかな秋晴れの朝を迎えた。

玄関前にタクシーがとまり、名人の親戚夫婦があらわれた。

「ああ、錦さん。おはようございます。まっすぐ寺にどうぞといってもらいましたが、さすがに申し訳ないので寄りました」

「わざわざありがとうございます。三十分くらいしたら葬儀社の車がご遺体を迎えにきますので、それまで、お茶かジュースでも飲んでお待ちください」

通夜で顔を合わせてはいたが、錦からあらためて「こちら松田《まつだ》さん」と紹介を受け、挨拶を交わした。夫は和夫《かずお》、妻は洋子《ようこ》といった。どちらも七十代といったところか。

松田夫妻が錦の車に乗ることになったので、三木本は寺にもっていく荷物を自分の車に積み込んだ。作業を終え、鲄沢とふたり、緑茶のペットボトルを手に裏庭へ回ると、松田和夫が庭木のイチョウを撫でていた。昨夜の風で葉が落ちて、足もとには、ちょっとした黄色の絨毯《じゅうたん》ができている。

三木本は軒下に積まれた薪に近づき、その一本を手にとった。密度のある広葉樹の薪で、乾いていても、ずっしりと重い。縦に割られた断面に埋め込まれるようにして、褐色《かっしょく》に近い濃黄色の塊《かたまり》がみえた。

「鲄沢さん、これはなんです?」

鲄沢は三木本の手の薪を覗きみて、

「クワガタの蛹《さなぎ》です」

と、こたえた。

「コクワガタか、このあたりは冷涼ですので、アカアシクワガタかもしれません。脚の付け根や腹部が、昨晩飲んだ赤ワインのような色をしたクワガタです」

「割られたあとで、断面に潜り込んだんですかね」

「いや、ここをみてください。表皮付近から蛹の部屋にかけて細い空洞《くうどう》がつづいているでしょう。これが幼虫の通路です。樹皮の残った面をみせてもらえますか」

請われて薪をひっくり返す。

「ほら。ここに産卵の目印《マーク》が残っています」

いわれてみれば、二重丸に近い傷が樹皮に刻まれている。

「中央の孔《あな》が産卵痕《さんらんこん》で、それを囲んだ円形の彫刻が、メスが顎《あご》でつけた目印です。産卵場所を仲間に伝えるためや、周囲の溝《みぞ》に水がたまることで卵の保湿になるなど、いくつか仮説はありますが、どれも定説には至っていません」

「薪ごともらって羽化させます？」

「いえ。その蛹は生きてはいないようです」

「え」

「もう十一月。生きていれば、遅くとも十月までには羽化したでしょう」

「そうですか。……それにしても虫って不思議ですね。完全変態でしたっけ。蛹のなかで幼虫は溶けて、もう一度自分をつくりなおすとか」

「ええ。昆虫がしばしば転生の象徴として扱われるのは、それゆえです。人間にも蛹の時期があって、それ以前の後悔をすべて忘れて生まれ変われるなら、この世はもう少し生きやすいかもしれません」

「鯱沢さんにも後悔が？」

「深夜に布団のなかで思いだして大声をだしたくなるくらいには、あります」

「薪をみながら、なんの話です」

こちらに気づいた松田が、そう声をかけてきた。若かった頃に誂《あつら》えたものなのか、痩《や》せた身体に大きすぎるダブルのスーツを着ていた。三木本は薪を置き、

「いえ。なんでもないです。そのイチョウ、立派ですよね」

と、話の向きを変えた。松田は嬉しそうな顔を浮かべ、

「何十年前になるのかな。この家が建った頃、わたしが手伝って植えたんだ。もう引退したが、これでも庭木職人でね。その頃は、名人とも交流があった」

といった。名人は親戚からも名人と呼ばれていた。

「うちのカミさんと名人が、はとこの関係なんだが、あるとき大喧嘩《おおげんか》をして。それから疎遠になり、この町にも近寄りがたくなってしまった。わたしもカミさんの手前、名人にいい顔するわけにいかんし……」

「名人が喧嘩とは、お酒の勢いでしょうか」

「そう。よりによって初七日の精進《しょうじん》落としの席で」

「初七日?」

「猟友会の、当時の支部長の息子さんが亡くなったんだ。若い人は、信濃さんなんていっても知らないかな?」

そう聞いて、三木本と鮲沢は顔を見合わせた。

「あの支部長には、名人もずいぶんお世話になったんだ。その縁で、うちも信濃さんとは知り合いだった。ところが息子の健一くんが、事故で急に亡くなって」

松田は内ポケットから、つぶれた煙草《たばこ》のパックをとりだした。

「初七日の法要のあとに会食の席が設けられたんだが、どこで耳にはさんだのか、うちのカミさんが隣に座ってた名人に、妙な噂について訊ねたらしい。なにかの事件に健一くんが関係してたとかどうとか……もちろんカミさんに悪気はなかったんだが、『法事の最中になんてことをいう

んだ』と、名人が怒っちゃって」

松田は煙草を咥《くわ》えると、ズボンのポケットに手を入れた。

「それから、わたしもカミさんも、一度も名人に会うことがなかった。課長さんから連絡をもらって、一昨日《おととい》病院へ駆けつけたのが二十五年ぶりの再会だ。もう名人に意識はなかったがね。葬儀の件を相談されたときは正直困ったが、引き受けてみれば、最後に親戚らしいことができたような気がして、まあよかったと思ってるよ。久しぶりにきたが、寒那はちっとも変わらんね」

「町にくること自体、健一さんの法要以来ですか?」

「うん、そうだな」

魬沢の質問に、松田はポケットのなかで両手を動かしながらこたえた。

「……カミさんは健一くんの初七日のときが最後。わたしのほうも、四十九日の数日前に、信濃さん宅へ香典だけ届けにきて、それ以来だね。そうそう、そういえばそのとき……」

ライターがみつからなかったらしく、松田は火のない煙草をパックに戻して、ふたたび目の前のイチョウを愛おしそうに撫でた。

「呼《よ》び鈴《りん》をいくら鳴らしても返事がないんで、こんなふうに裏庭に回ってみたんだ。そうしたら、チェーンソーの音が聞こえてきて。ちょうど信濃さんが、カツラを切り倒していた。しかもそれが、健一くんの誕生祝いの記念樹だったんだよ。父親が、どんな気持ちで息子の樹を切るのかと想像したら、つらかったたね。息子は死んだのに、それとは関係なく育ちつづける記念樹を、受け入れることができなかったのかな」

「信濃重吉さんは、その樹で仏像をつくったそうですよ」

三木本がそう教えると、松田は「ほう」と驚いた顔をした。

「それは知らなかった。そういうことなら、あのカツラも切られた甲斐《かい》があった。まっすぐ立派なカツラだったよ。ふむ、このイチョウと、太さは同じくらいだったかな」

松田はどうやら剽軽《ひょうきん》な男らしく、喪服であるにもかかわらず、イチョウの幹に腕を回して抱きついた。小柄な松田の両腕が少し余るくらいの径だった。

「みなさん、車がきましたよ！」

玄関のほうから錦の声が届き、五人は寺へと向かった。


葬儀は滞《とどこお》りなく進んだ。五十歳前後と思しき住職だけは、名人のことを「師匠」と呼んだ。若い頃、へぼ獲りだけでなく、仏像彫りを教わったこともあるのだという。

住職は法話のなかで、祭壇の傍《かたわ》らに置いてあった、腰の高さほどの大きさがある立像を示して、

「師匠が当寺院に寄贈くださった阿弥陀《あみだ》さまです」

と紹介した。

「もう二十二、三年前になりますか。師匠のご友人だった信濃重吉さんが亡くなって半年ほど経った頃、師匠からこの像を奉納したいとの申し出がありました。受けたのは当時の住職……わたくしの父ですが、師匠のご意向に沿いまして、交通事故や山での事件事故が起きぬようにと、以降永らく安全祈願のご祈禱を捧げてまいりました。師匠は仏像を彫るときは、どんなに立派な原木が手に入っても、その一部分しか仏像づくりにはつかいませんでした。よく『樹木にだって心は宿っているだろう』とおっしゃって、師匠なりに、その心の在処《ありか》を見極めていらっしゃったように思います」

三木本は、昨夜の「シャトーブリアン」発言を反省した。

「ふだんであれば残った材木は、養蜂箱やら薪やら、当然ほかの用途につかえるわけですが、この像を納めにいらしたときだけは、余った原木を供養してもらえないかと申し出があり、お焚き上げをして焼却した憶えがあります……」

棺を納めた車が、火葬場へと出発した。三木本たちも追って向かうつもりだった。魞沢と駐車場へ急ぐ途中、革靴の爪先がドングリを蹴飛ばした。冬を前に、小さな獣たちの貴重な食料だ。寺がブナを多く植えているのも、じつは功徳《くどく》のひとつなのかもしれない。

車で二十分ほどの火葬場には、松田夫妻と錦課長、三木本と魞沢のほかに、猟友会のメンバーが十名ほどやってきて別れにのぞんだ。棺が炉に入り、松田和夫が点火のボタンを押した。傍らにいた妻の洋子が嗚咽《おえつ》して、ハンカチで顔を覆った。

職員に案内されて渡り廊下をとおり、斎場にもつかわれる施設のほうへ移動する。三木本は控室には入らず、外で骨上げを待つことにした。これほど穏やかな陽気は、次の春まで訪れないかもしれない。山はすぐそこにあり、カツラやブナの黄色い葉が青空によく映えた。三木本は、施設の周囲を歩いてみることにした。そういう人も多いのか、ちょっとした散策路がつくられている。

散歩の途中で、妙な取り合わせのふたりをみかけた。施設から少し離れたところに、小さな芝生の緑地——この時期はすっかり褐色になっている——があり、そこで松田洋子と魞沢が、ふたりきりでなにやら話していたのだ。気にはなったが詮索するつもりはない。三木本は建物の裏側へと回った。日陰に入った途端、寒さに身震いした。

ぐるりとひと回りし、ふたたび日向にでたところで魞沢とでくわした。同行者を得て二周目の散歩がはじまる。不意に山から発砲音が届いた。散弾銃だ、鳥撃ちだろう。

「名人が銃をやめた理由って、誤射事件にショックを受けたからでしたよね」

なにとはなしに訊ねる。

「ええ。本人がそういっていました」

「以来、猟の名人は、へぼ獲りの名人となった……」

呟きながら、なんとなく魞沢の手に視線が向いた。軽く握った掌《てのひら》のなかで、なにかを転がしている。よくみると数個のドングリだった。寺の境内《けいだい》からもってきたのか、それともこのあたりで拾ったものなのか。

「どうするんです？　ドングリなんて」

「今回唯一の昆虫採集です」

「え……ああ、ドングリのなかの？　白いイモムシみたいなのがでてきますよね。おお気持ち悪い」

「虫の幼虫を怖がっていて、よく獣の解体ができますね。寄生虫だっているでしょうに」

「正体がわかっていれば平気です。なんの虫か、わからないから厭《いや》なんです」

「細かくいえばドングリ虫にも種類はありますが、いわゆるゾウムシの仲間です。長い口吻《こうふん》が象の鼻のようにみえるというので、そう呼ばれています。口吻の先端に鋭利かつ硬質な顎をもち、堅い実に産卵用の穴を開けます」

わからないから厭などと口を滑らせたものだから、魞沢の講義がはじまってしまった。これも法話みたいなものだから、あきらめて傾聴する。

「果実のなかで孵化《ふか》した幼虫は丸々と太って、見た目はむしろ愛らしいくらいです」

鯱沢なら、どんな虫でも無理やり「愛らしい」という結論にもっていく気がする。

「そういえば昨夜、ぼくが圧痕土器の話をしたじゃないですか」

「ええと……そうでしたっけ」

「縄文式土器のなかに、粘土《ねんど》に紛れ込んだコクゾウムシの痕跡が残るものがあるんです。コクゾウムシもまた、名前からわかるとおりゾウムシの仲間です。現代では米の害虫として認識されていますが、縄文時代には堅果《けんか》を餌にしていたと考えられ――」

「痕跡っていうのは、つまり死骸のことですか？」

「いいえ、そうではありません。土器は焼成《しょうせい》といって、現代の陶芸と一緒ですが、粘土を火にかけることで焼き固めます。その際に当然コクゾウムシは焼失してしまい、その形をきれいに写しとった小さな空洞ができます」

「なるほど。燃えたからこそ残るものがあるわけですね」

「そのとおり。それをコクゾウムシの圧痕と呼んで……」

そこまで話したときだった。鯱沢が急に口の動きをとめて立ちどまった。鯱沢のみあげた視線の先に火葬場の煙突《えんとつ》があり、そこから薄く煙がではじめていた。

「ああ」

三木本は思わず声を漏らした。名人が空にのぼってゆく。煙を眺めるうち、半年前に串呂を見送ったときのことも思いだした。あの日も今日のような快晴だったのだ。

「そうだ鯱沢さん。じつは昨夜、夢で串呂さんに会いました」

鯱沢がこちらを向く。

「起きてからもはっきり憶えていて。いまも正直、夢だとは思えないくらいです。ほんとうに枕もとにいたんじゃないかと。まったく、錦さんがおかしなことをいったせいですよ。でも、名人とぼくのところにあらわれたってことは、次は絶対、鮲沢さんに会いにいきますよ」

「三木本さん」

「やだな。なに真顔になってるんですか。冗談ですって、睨まないでくだ……」

「燃えたからこそ残るものがある――」

「え？」

鮲沢が、ついさっき三木本が口にした言葉を繰り返した。

「いえ……どちらかといえば今朝の話のつづきです」

「ええと、圧痕土器の話のつづきですか？」

「どの話です？」

「名人の家を出発する前に聞いた松田さんの話――違和感がありませんでしたか」

「なにか妙なこといってましたっけ」

「いっていました。どういうことだろうと、ずっと考えていたんです」

「具体的に教えてください」

「信濃健一さんが亡くなった二十五年前。松田さんは、信濃家の裏庭に植えられていたカツラが切られるのをみたといいました」

「ええ。誕生祝いの記念樹を仏像にするために。昨夜錦さんが話した内容と齟齬《そご》はなかったと思いますけど？」

「あります。そのカツラを切った時期です」

「時期？」

松田和夫の話を思い返す。信濃健一の初七日の精進落としで、名人と松田洋子が喧嘩になり、それ以降、松田夫妻は寒那町から遠ざかるようになった。とはいえ四十九日の香典は届けようと、法要の数日前に、夫の和夫だけが信濃宅を訪ねた。その際、信濃重吉は息子の誕生記念樹であるカツラを切っているところで——。

「あっ」

錦によれば、信濃重吉が仏像を彫りはじめたのは、息子の初七日の直後だったはず。そこから一か月ほどが経ち、久しぶりに会って仏像をみせられたときには、もう四十九日が迫っていたと、錦はそう話していた。記念樹を切っていたのは四十九日の数日前だという松田の証言と合致しない。

「松田さんの勘違いじゃないんですか？　実際は四十九日じゃなく、それこそ初七日に合わせて香典をもってきたとか。だってほら、精進落としは火葬の日に済ませることも多いし」

「その可能性もあると思い、松田洋子さんにも確認しました」

「……あ！　さっきふたりで話してたのは、その件ですか」

「香典を信濃さん宅に届けたのは、四十九日の数日前で間違いない——と」

「でも、それだと、仏像にしたのは記念樹のカツラではなかったということになりますよね？　つまり、信濃重吉は錦さんに嘘をついたことになる。いったいどうして」

鯱沢が渋い表情を浮かべた。ふたたび山に銃声が響いた。

「錦課長の発言が、重吉さんが嘘をつくきっかけになったのかもしれません。はじめて仏像をみせられたとき、錦さんは、材料がカツラであることにすぐ気づいた。それが相手を動揺させたのだとしたら……」

「動揺？　カツラだと気づかれて、なにが困るんです？」

「不安は悪い想像を極端に駆り立てるものです。仏像には秘密があり、重吉さんは、そこに誰かの考えが及ぶことを畏《おそ》れた。それを回避するには、材料であるカツラの由来を捏造《ねつぞう》する必要があると思い込んだ」

「だから具体的に教えてください」

ふたりの散歩は施設の外周から大きく逸《そ》れて、いつしか山の麓《ふもと》へと向かっていた。

「ぼくの考えも、ただの悪い想像でしかないかもしれません」

「でもその想像が、あのとき串呂さんの命を救ったじゃないですか」

串呂は梶川を射殺したあと、自殺することも考えたという。魞沢が彼の犯行に気づかなければ、それは成し遂げられていたかもしれなかった。

「話してくださいよ」

「……二十八年前……」

三木本に請われ、魞沢が仮説を語りだす。

「……誤射事件の起きた日。串呂さんの父親は腰にタオルをさげ、マスタケ採りのため山に入っていた。ちょうどキノコをみつけて、カツラの倒木のそばに屈《かが》んでいたところだったのかもしれません。未熟なハンターは、一瞬垣間見たその姿を鹿と見誤り、反射的にライフルを発砲した」

魞沢の掌中《しょうちゅう》で、擦《こす》れ合ったドングリがコリリと鳴った。

「ハンターは撃った先で鹿ではなく被害者を発見し、救命せず逃げるという最悪の選択をした。懸念は自分を指し示す手がかり、すなわち弾頭が現場に残ってしまうこと。弾は被害者の身体を貫通していて、本来であれば流れ弾となり、回収は容易でなかったはず。犯人にとって幸運だったのは——その後のことを考えれば不運だったのでしょうが——近くにあったカツラの倒木に、撃ち込まれた弾をみつけられたことだった」

倒木が銃弾をとめるバックストップに——。

「その弾を、信濃健一がもち帰ったと?」

「警察による大規模な捜索にもかかわらず、みつからなかったのです。そう考えたほうが自然ではありませんか。三木本さんがそうするように、彼も鉈のような刃物の類《たぐい》を車に積んでいた可能性は高いでしょう。倒木に撃ち込まれたと考えたのは、もともと折れて傷ついた樹であれば、砕き割った幹の一部ごと銃弾をもち去ったとしても、それほど痕跡が目立たないと思うからです」

「信濃健一は、それを自宅に隠していた?」

「隠し場所はわかりませんが、木塊《もっかい》のまま所持しつづけたのではないでしょうか」

「なぜさっさと処分しなかったんです。決してむずかしいことじゃない」

「平気で証拠を処分して、罪と向き合う選択を放棄できる人であれば、やがて自ら命を捨てるほど苦しむこともなかったでしょう」

「…………」

「けれど彼はそうではなかった。人を殺《あや》めて怖くなり、そのときは逃げることを選んだとしても、冷静になれば、それが正しいことではないと気づくだけの分別があった」

錦もいっていた。彼はそこまで身勝手な人間ではなかったと。

現場付近の倒木に合致する木塊と、そこに撃ち込まれたライフル弾。木塊には、被害者の血すら浸み込んでいたかもしれない。いつかそれを手に出頭する自分を、信濃健一は幾度も想像したた——そういうことなのか。

「しかし事件から三年後、信濃健一さんは、とうとう罪を告白することなく事故で命を落とします。それによって事件の証拠は、息子から父へとわたることになった」

「健一の死後、父親が偶然みつけたということですか？」

「あるいは……もし健一さんの交通事故が、彼の覚悟のうえで起きたのであれば……」

「そうか、証拠品を車にのせて……いや、そうじゃない。彼はそれを父親にしかみつからないかたちで家に残していった。まるで遺書のように、死の理由を語るものとして」

猟友会で噂がひろまる以前に、信濃重吉は、息子の車が事件現場付近で目撃されたことを梶川から聞いて知っていた。弾頭が撃ち込まれた木塊が遺されたとき、彼は息子が事件に関わっていたことを確信したはずだ。

「しかし父親も、それを警察に届けることはしなかった」

「だからといって、息子から命のかわりに託されたものを処分することもできなかった」

信濃重吉の選択は、息子の罪を人知れず背負って生きることだった。息子の罪と向き合うことを忘れることなく、被害者のために掌を合わせることを自らに課した。そのために彼は——。

「銃弾の撃ち込まれた木塊で仏像をつくった。そういうことですか？」

だとすれば、たしかに決して勘繰《かんぐ》られたくない由来だ。仏像とマスタケを結びつけられることを過剰に畏れた結果、信濃重吉はカツラの由来を捏造する必要に駆られ、記念樹を材料にしたという嘘のために、庭のカツラを切り倒した。

名人宅のイチョウに抱きついた松田和夫のことを思いだす。彼によれば、信濃家の記念樹もまた、両腕で軽く抱えるほどの太さがあったはずだ。それを材料にしたのなら、両手の輪に収まるか収まらないかの胴回りしかない仏像を、わざわざ寄せ木でつくる必要はない。しかし実際には、砕き割った木塊が材料だったために、それだけでは形にならず、ほかの材木と組み合わせる必要が生じたのだ。なにより重要なのは、寄せ木にしなければ弾痕を像の内部に隠せないという点だ。

「だがその仏像にも、突然最期が訪れたわけですね」

三木本はつづけた。

「息子の他界から二年後、信濃重吉もまた死んだ。その際、錦さんの計らいにより仏像は副葬品として棺に納められ、火葬場の炉のなかで、銃弾もろとも失われてしまった」

図らずも、真相につながる証拠は、そのことをまったく知らぬ人物の善意によって、永遠に葬られたのだ。そして現物がない以上、魞沢の仮説もまた、仮説のまま葬り去られるしかない——心のなかで、そう結論したときだった。

「弾は溶けるでしょうか？」

魞沢がそんな疑問を呈した。

「ええ、残念ながら広報誌によれば、町の旧式の炉でも八百度の高温です。銃弾は融点がそこまで高くないですから……」

「それは鉛弾の場合ではありませんか」

「え……あっ」

そうか。信濃健一がつかっていたのは——。

「ぼくは武器にも金属にも詳しくありませんので、鉛弾や銅弾と聞き、今朝になって調べてみました。昨夜はいつの間にか寝てしまっていたものですから……あ、布団にはこんでいただいたそうで、すみません」

「いまはいいんですよ、そんなこと」

「銅の融点は一千度以上。それより低温でも軟らかくはなるでしょうが、なにしろ太い薪ほどのサイズがあるカツラで周囲を完全に包まれていたのですから、形を保ったまま燃え残る可能性は、じゅうぶんあるのではないでしょうか。実際、六文銭がわりの十円玉が変形もせずでてきたと、錦課長が話していたじゃないですか」

「でも……だったら信濃重吉の骨上げの際に、弾がみつかってもよかったんじゃないですか。その場にいた全員が都合よく見落としたと？」

「さすがにそれは考えづらそうです」

「じゃあ、魞沢さんの推測が間違ってることになるじゃないですか」

「そうかもしれません」

あっさり認めるので、三木本はさすがに力が抜けた。

「なんなんですか、いったい」

「ですが、じつは仏像が燃やされていなかったという可能性も考えられます」

「はい？」

「より正確を期していうのなら、べつの仏像が燃やされていた」

「それは……意味がよくわかりません」

「信濃重吉さんの棺に納められた仏像を、べつのものに入れ替えたということです」

「なんですって？」

「そのときも、像は布で包まれていました。昨日はああしてみせてくれましたが、錦さんだって、一度納めた副葬品を、そう何度もあらためはしなかったでしょう。葬儀場にはこばれる直前に中身を入れ替えたのなら、まず気づかれる心配はありません」

「誰がそんな……」

——重吉さんが亡くなったときにも、俺と名人で交替しながら寝ずの番を。

昨夜の錦の言葉がよみがえる。

口を開けたままの三木本に鮴沢がうなずいた。

「はい。名人しかいません」


三木本は肩を落とし、鮴沢はむしろ肩をいからせた。身体に力が入っているようだ。たぶん喋りたくないことを無理して喋っているせいだろう。三木本が話せといったから。

「いま炉のなかで、名人と一緒に燃えているのが、その仏像だと思うんですね？」

あれは、錦がいうような、そっくりな双子の像などではなかった。名人の家にあったのは、信濃重吉が息子を彫った仏像そのものだった——鮴沢は、そう指摘しているのだ。

地蔵菩薩の前面と背面で色合いが異なるのは、片面が銃弾の撃ち込まれた木塊に由来し、もう片面をべつの木材で補ったものだからだ。仏像づくりを手伝った名人は、カツラの秘密について当然知っており、それでいて秘密の共有者になったのだ——と。

「昨夜ぼくが訊いたように、名人もまた、重吉さんの棺の包みについて錦さんに訊ね、中身がなにであるかを知ったのではないでしょうか。そのまま火葬に送られれば銃弾は露《あら》わとなり、まだ記憶に新しい誤射事件との関連が取り沙汰されるにちがいない。名人はそれを案じ、自宅にあった適当な仏像をもってきて中身を入れ替えた。寝ずの番は交替でおこなっており、翌朝棺を葬儀場へ移すまで、タイミングはいくらでもありました」

「兄貴分とまで慕った友人の名誉を守るため……ですか」

「仏像づくりに協力した名人自身の保身かもしれません」

「そんなことといわないでくださいよ」

三木本は名人の後悔を思いだす。

——串呂さんの父親を撃ったのが、信濃支部長の息子だったと知った時点で、それを俺が公にしていれば。

噂に聞いたのではなく、知っていた……。

——犯人がすでに死んでいたとしても、被疑者を明らかにして、事件にひとつの決着をつけることはできた。

できたけれど、そうしなかった……。

みあげると煙は消えていて、遠くで課長の声が聞こえた。どうやら自分たちを呼んでいる。炉の扉が開くようだ。

「すっかり遠くまできてしまいました」

鮎沢がいった。

「すべて、ぼくの推測でしかありません。できれば、はずれてほしいと願っています」

「……そうなんですか?」

「よいことを期待して、それがはずれると、ガッカリしたり傷ついたりするでしょう? だからぼくは最悪を予想するんです。子どもの頃から、そういう癖がついてしまってるんです。でも悪い予想にかぎって、どういうわけか、滅多《めった》にはずれることがない」

錦の声が何度もふたりを呼んでいる。

「ぼくはいまさらながら、三年前のへぼ獲りの最中に、名人が行方をくらました理由について考えています。名人は勘のいい人でした。前夜の不穏な空気を受けて、なにがしかの予感があったのかもしれない。ほんとうは三木本さんがホイッスルを吹く前に、銃声を聞いた時点で悲劇が起きたことを直感し、音のしたほうへと駆けた……そんなふうに思えてきてならないんです」

「鯱沢さん、ぼくらも走りますか」

「そうしましょう。骨上げに遅れてしまう」

ふたりは駆けだした。

「間に合えば銃弾も回収できますしね」

「はい？」

「鯱沢さんの仮説が正しいとしたら、弾の在処を知っているのはぼくたちだけです。仏像の灰に埋もれているはずですから、ほかの人の目につく前にとりだすことができるかも」

「なんのために」

「今度はぼくらが名人の名誉を守るんですよ」

息はすぐに弾んだ。

「錦さんが弾の存在に気づけば、鯱沢さんと同じ結論に行き着いてしまうかもしれない。あの人も案外鋭いから」

「名人は、むしろそうなることを望んで、課長に仏像を託したのでは？」

「だったら生きているうちに打ち明けてほしかったです。串呂さんにあやまってほしかった」

三木本はペースをあげた。隣の鯱沢が視界のうしろへと消える。

「いまさら弾がでてきたところで救われる人はいない。信濃健一も名人も死んで、あとは他人《ひと》任せだなんて、狡《ずる》いですよ」

「三木本さん！」

魞沢の叫びに、三木本はペースを落として立ちどまり、振り返った。

「……わかってます。串呂さんから『よけいなことをするな』と釘をさされたばかりですから」

「く……串呂さんから……？」

魞沢は背中と目を丸くし、肩で息をしていた。

「夢にでてきて、そういったんですよ。あのときのことを、まだ怒ってるのかも」

あのとき——三年前、串呂が梶川を殺害した事件において、三木本は歪《ゆが》んだ正義感から、現場を一時混乱させた。

事件前夜の懇親会において、梶川は過去の誤射事件に触れ、「鹿の尻毛と見誤りやすい白タオルを腰にさげていた被害者にも責任はある」といった趣旨の発言をした。そのことに反感を抱いた三木本は、梶川の死体をみつけたとき、彼を貶《おとし》めることを目的に、死体の首にあったタオルを腰に移したのだ。「梶川もまた自己責任によって誤射された」という状況を、でっちあげるためだった。

結局、串呂が出頭したことで事故の可能性は消え、タオルの位置が捜査の過程で取り沙汰されることもなく、三木本の偽装は追及を免《まぬか》れたのだった。

「三木本さんのことを、怒ってるはずありません。だってあなたは、黙っていれば誰にも知られずに済んだのに、自分のしたことを梶川さんの遺族に打ち明けて、謝罪したじゃないですか」

そう慰めてくれる魞沢の声は、なぜだかちょっと寂しげだった。

「……だといいんですけどね。さ、いきましょう」

三木本はふたたび走りだした。しかし魞沢のついてくる気配がない。みると拳を握った魞沢が、踏ん張るみたいに足をひろげて立っていた。

「大丈夫ですか？」

「大丈夫じゃありません」

「ええ？」

どうしたのだ、急に。

「串呂さんがぼくのところにあらわれないのは、ぼくがよけいなことばかりしているからかもしれません。それに腹を立てているのかも」

「なにをいってるんですか」

「きっとそうです。ぼくはいつも調子にのって……救われる人なんていないのに」

「そんなことないですって」

「いいえ、あります」

「ありますって、いやいや……」

今度は三木本が鯱沢を慰めなくてはならない。名人みたいに駄々をこねないことを願いながら、どうにか話の方向を変えようと試みる。

「あっ。もしかして串呂さん、鯱沢さんが帽子を返してくれないことのほうに腹を立ててるんじゃないですか。まだもってるんでしょ？　あの青いキャップ」

「だってあれは、串呂さんがぼくにくれたものですから」

「でも鯱沢さんは、そのとき『あずかっておきます』って返事をしたんですよね？」

「………」

「なに真顔になってるんですか。冗談ですよ。ほら、はやく」

はやくといったものの、もはや急ぐこともなく、ふたりは施設の入口に向けて、とぼとぼ歩いた。なかに入ると、参列者はすでに奥の収骨室に集まっていた。みな長い箸《はし》を手に、亡骸《なきがら》がのった台車を囲んでいる。

「鮎沢さん」

「はい」

収骨室に向かいながら、なおも言葉を交わす。

「もうひとつだけ、どうしても解《げ》せないことがあります」

「なんでしょう」

「信濃健一の記念樹が、ただカムフラージュのためだけに切り倒されたのだとしたら、ずいぶん寂しい理由だと思いませんか?」

「……そういえば住職がおっしゃっていませんでしたか。信濃重吉さんの死後に、名人が寺に阿弥陀如来像を奉納したと」

三木本は驚いた。

「記念樹は、信濃重吉から名人の手にわたり、あの如来像の材料に?」

「そう考えてみてはどうかという提案です」

「いやにトーンが落ちましたね」

「さすがに少し疲れました。昨夜は飲みすぎです」

「でも……寺の如来像が労作なのはわかりますけど、記念樹を切り倒してから寺に納めるまで二年ですよ?　ずいぶん時間がかかったことになりませんか。名人には、信濃重吉が死ぬまで制作を待つ理由が?」

「重吉さんが亡くなるのを待ったわけでも、彫像自体に二年かかったわけでもないと思います。単純に、生木の原木を乾燥させるのに時間が必要だったのでしょう。せっかく納めた仏像が、すぐに割れたり歪んだりしたんでは困りますから」

部屋の手前で職員から箸を受けとり、開け放たれたドアの近くに立ちどまって、遅れたことを詫《わ》びる。台車からの放熱であたたまった空気に、線香が淡い匂いをつけていた。

担当職員が、骨の部位について足の指から順に説明し、最後に喉仏を指し示したあとで、ついでとばかりに、頭蓋骨《ずがいこつ》の横のあたりにできていた灰の山を箸で崩した。

真っ黒な小さな塊が姿をみせた。

三木本は鈲沢の横顔をみつめた。蛍光灯の白い光が、目の下の隈《くま》を際立たせていた。彼の悪い予想は、またもはずれることがなかった。信濃重吉の地蔵菩薩は、彼の死後に名人へ受け継がれ、たったいま、その秘密を衆目に晒《さら》した――。

猟友会のメンバーのひとりが「……弾か?」と呟き、仲間の顔をうかがった。まだ誰も、その意味を把握できてはいない。収骨室に波紋のように戸惑いがひろがり、喪服姿の人々が一斉に顔を寄せてゆくなか、錦課長だけが壁際のテーブルのそばから動かなかった。テーブルには微笑《ほほえ》んだ名人の遺影が置かれていた。

こちらを向いた錦と目が合った。その眼差《まなざ》しに見憶えがあった。串呂が梶川を殺害したことに関し、のちに事件前夜に起きた諍《いさか》いを振り返って、「自分がもっとつよく梶川さんを制していれば」と後悔を吐露したときの、あの表情だった。

(どうしていま、そんな顔を?)

そう思ったときだった。

——生木の原木を乾燥させるのに時間が必要だった。

聞いたばかりの鮎沢の言葉が、三木本に重要な問いを突きつけた。

銃弾入りのカツラが信濃健一によって山からもち帰られ、それが重吉の手にわたって地蔵菩薩に姿を変えるまでには、およそ三年の時間があった。

だが錦は、信濃家にあった地蔵菩薩の材料を、切り倒されたばかりの記念樹だと思っていたはずだ。だとしたら、彼は少しの疑問も抱かなかったのだろうか。ろくに乾燥もしていない原木で仏像をつくったという信濃重吉の説明に。

(もしかしたら……)

冷えていた指先に血が流れ込んで痺れを生んだ。臆測は次から次へと三木本の頭に渦を巻いた。

錦は信濃家の仏像に秘密があることを感じとっていた——彼は重吉の死後にその秘密を明るみにだすべきと考え、仏像を棺に入れて燃やすことを提案した——けれど骨上げで銃弾は発見されず、錦は自分の想像が杞憂《きゆう》で済んだことに安堵《あんど》した——しかし二十三年のときを経て、燃えたはずの仏像がふたたび彼の目の前にあらわれた——錦は名人が仏像を入れ替えたことに気づき——いや、あるいは……。

もし寝ずの番が、錦が名人に与えた機会だったとしたら——。

信濃健一から重吉へとわたった秘密。錦はその決着を、名人の手に委ねることにしたのではないのか。仏像を副葬品として棺に納めたことを伝え、名人がひとりになる時間をつくり……。

自分は銃弾を目にしたわけではない。寝ずの番で名人が仏像を入れ替えたかどうかも知らない。

骨上げでなにもでてこなかったのは、最初から仏像に秘密などなかったからかもしれない――そうして錦は、自ら真相を曖昧《あいまい》にし、秘密に気づいた者の責任から逃れることにした。

その彼が、名人の指示で、押し入れに隠されていた仏像を目にしたとき、いったいなにを思っただろう。

（……ただの悪い想像だ）

三木本は自分に言い聞かせようとした。

松田和夫の箸が、小さな黒い塊をつまみあげた。

朽ち木のなかに撃ち込まれ、その罪を白日のもとに晒すときを待ちつづけた銅弾。

誰もが秘密を抱え、いつかそれを打ち明けたいと思いながら、自らの弱さに負けて叶えられずにいる――。

つぶれた先端が、歪な短い翅《はね》のようにひろがった弾頭は、何度も羽化を試みては失敗し、ついに生まれ変わることのできなかった小さな蛹にみえた。

# 緑の再会

雨脚が細くなった。予報は晴れだった。飛びだしていったばかりの娘は、どこかに傘を忘れて帰ってくるにちがいない。

そう思ったとき、男性がふらりと店に入ってきた。風は弱く、雨はまっすぐ降っていたから、店のドアは開けたままだった。翠里《みどり》は片方だけつけていたイヤホンをはずし、スマホで再生していた『シャルトル』をとめた。

「いらっしゃいませ」

雨宿りがてらの冷やかしだと感じて、それ以上はとくに声をかけなかった。目深《まぶか》にかぶったフードが、男性の顔に陰をつくっていた。

撥水性《はっすいせい》のよいアウターやバッグは、総じてアウトドア系のものだ。その雰囲気《ふんいき》が、街の花屋になんとなくそぐわない。コンクリートの床に濡れた足跡をつけながら、男性は店内をうろうろしはじめた。ちらりと眺めた壁時計の針は、午後四時半を回ったところだった。

彼が欲するようなものは、たぶんここにはないだろう――翠里はそう判断して男性客から目を逸《そ》らし、また石戸檸檬《いしどれもん》のことを考えた。

去年、友人に誘われてコンサートにでかけて以来、すっかり彼のファンになってしまった。とくにオリジナル曲の『シャルトル』は、翠里を完全に魅了した。

ファンになる前は頻繁《ひんぱん》にテレビで目にしていたのに、最近その機会はめっきり少なくなった。そのぶん演奏活動に力を入れているようで、今年も秋にツアーがはじまる。チケット争奪戦に備え、ファンクラブにも入会済みだ。

レジカウンターに立っていた翠里は、背後の飾り棚を振り返った。ファンクラブ会員に送られてくる檸檬の卓上カレンダーを、二枚めくって七月にする。先行予約開始日には、レモンの形のシールを貼っていた。

また彼は弾いてくれるだろうか。鍵盤《けんばん》から飛び散った光の粒が、コンサートホールを隅々まで満たす、あの美しい曲を――。

「あのう」

不意に男性客に声をかけられ、彼の存在をすっかり忘れていた翠里は、驚いて返事をした。

「は、はいっ。なんでしょう」

男性はフードをかぶったままだった。

「もしかして今日は、隣のカフェはお休みですか？」

翠里が店主をつとめる花屋〈フルール・ドゥ・ヴェール〉には、カフェが併設されている。

「すみません。臨時休業中でして」

「ああ……そうなんですね」

男性がいかにも残念そうにうなずくと、フードの先から滴《しずく》が落ちた。彼はふたたび店内を歩きだし、そして、ある高山植物の鉢《ポット》の前に足をとめた。

「ミヤマクワガタですね」

覗《のぞ》いた口もとに、なぜだか不敵な笑みを浮かべ、自信ありげにそういった。

「いえ、ヒメクワガタです」

「はあ。そういう花もありますか」

「山歩きをなさるんですか？」

「ええ、まあ。同じクワガタでも、ぼくの興味は虫のほうなんですが……」

「ああ。クワガタムシ。そうですよね、たしかミヤマクワガタっていう、おんなじ名前の虫がいますもんね」

そのとき、急に頭の奥に電気が流れたような感覚があった。チリチリと記憶が刺激されている。

男性が、かぶっていたフードをとった。

「ちょっと、お訊ねしたいことがあるのですが」

「なんでしょう？　ミヤマクワガタの入荷予定でしたら――」

「あ、そうではなく」

目と目が合った。翠里は首を傾《かし》げた。男性は、おずおずとつづけた。

「その……ここに翠里さんというかたが……」

「はい。わたしですけど？」

「翠里さん……ですか？」

「はい。店長の翠里真名《まな》ですが」

そうこたえた途端に、男性の表情から戸惑いの色が消えた。

「ああ……そうか」

そういって小さな喉仏を大きく動かし、そして笑った。

「いや、すっかり勘違いしていました」

「はい?」

「まったく、この店に入ると、ぼくは勘違いしてばかりで」

「あの、なにをでしょう?」

「てっきり下のお名前だと思っていたんです。翠里さんというのを」

そういわれ、翠里はようやくピンときた。

「あっ……もしかして母のお知り合いですか?」

「どうやら、そのようです」

「せっかくお越しいただいたのですが、母は……」

そこまで口にしたところで、もうひとつピンときた。ひょっとしたら、この人は――。

「あの、間違っていたらすみません。魞沢《えりさわ》さんですか?」

男性がびくりと身体《からだ》を震わせた。

「どうしてぼくの名前を」

「やっぱり!」

「ちなみに下の名はセンといいます」

「お世話になったかただと、母からお名前をうかがっています。その節は、ありがとうございました」

翠里が頭をさげると、魞沢も慌てた様子で腰を鋭角に折った。

母から聞いた話によれば、魞沢がふらりと店にあらわれたのは、たしか三年前のことだ。そのとき自分も彼とすれちがっていた――店の前でぶつかりそうになった――らしいのだが、それについてはまったく記憶がない。

「いやあ、娘さんでしたか。たしか当時は、保険の外交員を」

「やだ。母ったら、そんなことまで？　会社はやめて、このとおり花屋を継ぎました」

「では、お母さまはあれから……じつは何度かこの近くにきたこともあったのですが、お店が閉まっていて」

「じつは病気が……あ、その件はご存じなんですよね？」

「精密検査の必要があるとは、うかがいました。あのときは受診に迷いがあったようでしたが」

「なにしろ念願のカフェ開店に向けて、準備の真っ最中でしたから」

鯱沢が店を訪れたのは、プレオープンの直前だったはずだ。

「結局、あのあと病気がみつかりました」

「……そうですか」

「診断結果を聞いたときは、もっとはやく検査を受けさせていればと悔やみましたけど、その帰りのタクシーで、先に母からあやまられてしまって。おまけに『いつもありがとう』だなんて、さすがに泣けちゃいました。当時は母子《おやこ》関係がギクシャクしてたんですけど、おかげで仲直りできて……鯱沢さんには感謝しています」

「ぼくはなにもしていません。せいぜい店番くらいで」

「母は『鯱沢さんが背中を押してくれた』と」

「それは誤解か、思い込みです。ぼく同様、お母さまも勘違いの多そうなかたでした」

「たしかにそうかも……あ、隣にどうぞ。お茶かコーヒーでも」

「休業中では？」

「ですので、お代はいただきません」

「とんでもない。前回もお母さまからごちそうに」

「ほんとは、つい三十分前まで営業してたんです。ただ、ケーキがみんな品切れで。もし焼き菓子でよければ」

「そんな焼き菓子だなんて……いいんですか？」

「いいんです」


鮴沢は窓辺のテーブル席に座った。

「あ。天井と照明が、あのときとはちがう。予算がないから保留中だとおっしゃってたんですが」

「結局母がこだわって。医療保険金の流用です」

「おやまあ」

「飲み物、なににします？」

「おすすめでお願いします」

そういわれ、少し考えてから、ウバのオレンジペコーを選んだ。これまた母がこだわった茶葉で、芯芽《しんめ》——木の先端の開いていない葉——を多く含み、甘い香りが際立つ。切断していないフルリーフをつかっているため、渋みや雑味がでにくいのも特徴だ。すっきりとして、それでいて華やか——春と夏のあいだの五月に似つかわしい紅茶だと、翠里は思っている。

ティーポットの茶葉に沸かしたての湯をそそいだ。葉が躍り、ひらき、熱湯を一瞬で飴色《あめいろ》に変える。ティーカップを事前にあたためないのが翠里流で、冷たいままのカップをふたつならべ、カウンターに腰掛けながら四分待った。そのあいだにメールを一本送っておく。

「お母さまは、なんというお名前でしたか」

「沙月《さつき》です」

鯱沢の質問にこたえて立ちあがり、蒸らし終えた紅茶を、ふたつのカップに交互に少しずつそそぐ。ひとつをソーサーにのせ、鯱沢のところへはこんだ頃には、ちょうど飲みやすい温度になっているはずだ。

彼は「猫舌なんです」といいながら口をつけ、とくに熱そうにもせず飲んで、「美味《おい》しい」といった。

「どうぞ。黒糖のフィナンシェです」

「おやまあ」

鯱沢の口もとがだらしなく緩む。

「わたしも、ここに座っていいですか?」

そうことわって、翠里は自分の紅茶をカウンターから窓辺の席にもってきた。テーブルの隅にスマホも置く。

「これも美味しいです」

「よかった」

「娘さんに店を継いでもらえたのなら、お母さまも安心していることでしょうね」

「それはどうでしょう……鯱沢さんは、こちらへはなにかご用事が?」

「この市内に知人が……いや、友人が眠っていまして。今日が一周忌なものですから、墓参りにきて、その帰りです」

「お墓というと……」

「市営墓地の共同墓に」

「そうだったんですね。あっ、その近くにお寺の墓苑《ぼえん》もあって――」

「ええ。知っています」

「母は、いまそこに」

そう伝えると、鯱沢が目を伏せた。

「……そういえば以前きたとき、家のお墓があると、おっしゃっていました」

「わたしも出戻っちゃったから、そこに入ることになりそう。娘が家をでていったら、わたしの代でおしまいね」

「娘さんは、お幾つですか」

「まだ小学生。十一歳です」

「……ぼくが食べているフィナンシェ、娘さんのぶんだったのでは？」

「大丈夫。もうひとつ、とってありますから」

「安心しました。……じつは市営墓地にいく前に、寺にも寄ってきたんですよ」

「え？」

「お焚き上げを、お願いしたんです」

「というと、亡くなったご友人の縁《ゆかり》の品を？」

「はい。彼からあずかっていたものを、そろそろ返さなくてはならないと思いまして。お焚き上げは毎月実施しているようなのですが、今月の日程を調べたら、ちょうど今日の開催になっていたものですから」

「なにを供養したか訊いてもいいのかしら」

「キャップです。青いキャップ」

「帽子なんかも燃やしてもらえるんですね」

「燃え残っていたらどうしましょう。きれいに煙になって、彼のいる場所に届いていればよいのですが」

鮎沢が窓越しに空をみあげた。雲は薄く、けれどまだ太陽はみえない。

「……そういえば、以前ここにきたときは、そのキャップをかぶっていたんです。彼からあずかって間もなくでした。彼がどんな街に住んでいたのか気になって、このあたりをふらふらするうち雨に打たれてしまい、雨宿りがてら花屋に駆け込んだという次第でして」

「うそ。クワガタムシが売ってると勘違いして、入ってきたんでしょう?」

「はは。そこまで聞いていましたか。あとから知ったのですが、その友人も、何度か花を買いにきたことがあったそうです」

「うちに?」

「以前、やはり寺のほうにご両親の墓があったそうで。墓参りの花を」

「じゃあ、母とは顔見知りだったかも」

「かもしれません」

「ご友人は、どんなかたでした?」

「付き合いが長かったわけではないのですが、まあ実直というか。亡くなったあと、とくに思うのは、ずいぶん律儀な人なんだなと」

「へえ」

「わざわざ知人の世話を焼きにきたりするんですよ」

「はい?」

「心配事があると、やってきて助言をくれたりするみたいで」

翠里は混乱した。

「ええと……亡くなってからの話ですか?」

「ぼくのところには、きてくれないんですけどね」

「はあ。まあ、そのうちいらっしゃるんじゃないでしょうか」

そうとしか返事のしようがなかった。

「……さて、ぼくもお花を買って、もう一度寺にいってきます」

「もう一度って、なにか忘れ物でも」

「暗くなる前に、お母さまへ、ご挨拶《あいさつ》を」

「そんな、いまからわざわざいかなくても」

「お墓の場所だけ教えてもらえますか」

「そこまでしていただく必要は――それに、もう墓苑にはいないと思いますし」

「いない?」

「ええ。お寺にでかけたのは、住職に相談があったからなので」

「……でかけた?」

「今年が祖母の二十七回忌なんです。行き違いになっても困りますし、さっき母にはメールを打っておきましたから、直《じき》に返信が」

「……ちょっと待ってくださいね。その……お母さまは、ご存命でいらっしゃる」

「はい。治療が上手《うま》くいって、いまは元気です」

鯨沢が黙って顔を真っ赤にした。

「……あ！　もしかして鯱沢さん、母が亡くなったと？」

鯱沢が真っ赤な顔でうなずいた。

「やだ！　ごめんなさい。わたしったら言葉足らずで……まさか母が死んでるつもりで話してるなんて思いもしなかったから！」

「こちらこそ、勝手に殺してしまい申し訳ありません」

「いつもこうなんです。こっちの考えが相手に伝わってる気になって喋《しゃべ》っちゃうから、それで母ともしょっちゅう喧嘩《けんか》で」

「わかります。ぼくもそういうところが多少、いや多分にありますので」

「通院はしてますけど、すっかり落ちついて」

「いやあ。お店を継いだというので、てっきり」

「病気がみつかって、母が『これからはカフェに専念したい』というので、わたしが両店のオーナーになったんです。それで、母にはカフェ専任の店長に納まってもらい。今日、店をはやめに閉めたのは、お寺にいく用事があったからで」

なぜだか弁解するみたいに、早口になってしまう。

「そうでしたか。じゃあ、ぼくが食べているフィナンシェは」

「そう。母のぶん……あれ？　鯱沢さん？」

翠里はうろたえた。鯱沢の耳が赤みを増したかと思うと、両目が急に潤《うる》みだし、大粒の涙がぼろぼろとこぼれだしたのだ。

「うそ、ごめんなさい！　そんなにびっくりしちゃいました？」

鯱沢はフードをかぶって顔を隠した。

「ちがうんです、ちがうんです」

震える声がそう訴える。

「ちがわないじゃないですか。はい、これ」

翠里がさしだした紙ナプキンで、鮴沢は涙を拭《ふ》く前に鼻をかんだ。

「ちがうんです。なんだかぼくは、ぼくと関わる人を、みんな不幸にしているような、そんな気がしていて……ぼくがここにきたから、沙月さんの命もちぢめてしまったんじゃないかと、そんなふうに思ってしまって……でも沙月さんが元気だと聞いて、ぼくはとてもほっとして、とても救われたような気持ちになって。うう……」

「なにいってるんですか。もう！」

「うう……勘違いしたまま寺ですれちがったら、化けてでたと思って失神するところでした」

「勝手に母を幽霊にしないでください」

「ずびばせん」

「ほら、もう一回鼻かんで」

「いつからか、ものごとを悪いほうにばかり」

「たまには、自分に都合よく考えることがあっても、いいんじゃないですか？」

「………」

さすがに恥ずかしかったのか、涙を拭《ぬぐ》ってフードをとった鮴沢は、しばらく窓の外に顔を向けていた。あえてそうしているのだろう素《そ》っ気《け》ない横顔。耳だけが、まだうっすらと赤みを残している。

「店名の緑《ヴェール》は、家族の姓からつけたのですね。ぼくはてっきり、お母さまのご両親が店を開いたときに、娘の名前から採ったものだと……お母さまは、寺までは歩いて？」

鮲沢は、無理やり平静を装っていた。さっきまで、そんなに声は低くなかったはずだが。

「ええ。ここをでるのが予定より少し遅れたので、もう少しかかるかも。あっ、着信！」

テーブルの隅でスマホが鳴った。通話ボタンを押すなり、興奮した母の声が、音が割れるほどのボリュームで響いた。

『鮲沢さん、まだいるんでしょ？　ねえ真名、いるんでしょって訊いてるの！』

「いるいる！　大丈夫よ。待ってもらってるから」

つられてこちらまで大声になる。耳から思いきり離したスマホをテーブルに戻し、あまり必要なさそうに思いつつ、スピーカー機能をオンにした。

「ご無沙汰しています。お元気そうでなによりです」

鮲沢がそう挨拶をすると、母がスマホの向こうで『わあ！』と歓喜の叫びをあげた。

『久しぶりね。鮲沢さんも元気だった？』

「ええ。おかげさまで」

「ついさっき泣いてたけれど」

『泣いてた？　どうしたの』

鮲沢がこちらを睨《にら》んでから、「なんでもありません」と母に返事をした。

「まだ、寺にいらっしゃるんですか？」

『そうなの。もうちょっとかかるんだけど、ぜったい待っててね。真名、飲み物はおだししてるんでしょうね？　ああ、わたしが美味しい紅茶を淹《い》れてあげたかった』

「腕が悪くてすみませんね」

「じつはぼくも、今日そちらへいったんですよ」

魞沢が、お焚き上げにでかけたことを母に告げる。すると母が、

『ああ。あれって魞沢さんのことだったのね』

と、納得したような返事をした。

『住職さんがいってたのよ。年初のお焚き上げ以外、ほとんどの人は依頼品を送ってくるだけなんだけど、今日はひとりだけ持参した男性がいたって。お焚き上げに参加すると、読経と法話まで強制……ええと、セットなんですってね。ひろい本堂にひとりじゃ寒かったでしょう』

「いや、むしろ得した気分になりました。ぼくだけのために法話を準備した住職のほうが、よっぽどたいへんだったはずです」

『それならいいんだけど』

「もち込んだものが燃え残って、かえって迷惑をかけていないか心配です」

『今日は量が少なかったから、ぜんぶきれいに消えたそうよ』

そう聞いて、こちらまでほっとする。青い帽子は、持ち主に無事返ったことだろう。

『あっ。そういえば魞沢さん、境内《けいだい》で落とし物しなかった?』

そう訊かれ、魞沢がいくつかのポケットに手を入れた。

「ぼくじゃないとは思いますが、なにが落ちてたんですか」

『帽子なの。オレンジ色のキャップ』

「…………」

『境内にカツラの樹があるんだけど、その枝に引っかかっていたの。まるで風に飛ばされてきたみたいに』

「………」

『住職は、枝に引っかけたのはカラスだろうから、もともと境内に落ちてたものとはかぎらないって、いうんだけど……ほら、以前うちにきたとき、魬沢さんがかぶってた青いキャップがあったでしょう？　あれによく似た、山に入る人がかぶるような、明るいオレンジ色の――』

スマホのそばで、魬沢の指が震えていた。

一瞬、また彼が泣きだすのではないかと思った。

だが彼はフィナンシェの残りを口に放り込むと、晴れやかな笑顔で立ちあがった。

「やっぱりもう一度、お墓にいってきます」

そういって、勢いよくバッグを背負う。

「帽子に心当たりが？」

「ええ。風に飛ばされて、なくなっていたんです」

「そう」

「ぼくがキャップを返したものだから、みつけにいってくれたのかもしれません」

「え？」

「なにしろ律儀な人だから」

意味は飲み込めなかったけれど、なくしたものがみつかったのなら、よかったと思う。

「そういうわけなので、そちらで会いましょう」

魬沢の声に、母がこたえる。

『わかった。待ってる。もちろんそのあと、もう一度お店に寄ってくれるのよね？』

通りを駆ける鮎沢を、翠里はカップを手に見送った。
雨雲は消えて、水たまりが夕暮れの街を映していた。
テーブルの上のスマホで『シャルトル』を再生する。
翠里は思った。
やっぱり娘は、どこかに傘を忘れて帰ってくるにちがいない。

# あとがき

二〇二〇年に発表したシリーズ二作目の『蟬《せみ》かえる』は、日本推理作家協会賞に本格ミステリ大賞と、幸いにもふたつの賞をいただいた。そういえば、誰かに「受賞が（今後の）プレッシャーにならない？」と訊かれた記憶がある。そのときは「書けるようにしか書けないから、ならない」と笑ってこたえた気がするけれど、一作目から二作目までの期間より、二作目から三作目までのほうが長かったことを思うと、じつはしっかり感じていたのかもしれない。

収録作の前半は単発で文芸誌に掲載されたもの、後半は一冊としてのまとまりを意識した書き下ろし——というスタイルは『蟬かえる』と同じだが、収録作数は一話増えて全六編となっている。とはいえ六話目はエピローグ風の短いものなので、時間がかかった言い訳にできないのが残念なところ。シリーズではあるが、既刊二作を含め、どの本から読んでもらってもかまわないと、作者自身は思っている。

収録作数のほかにも変えたところがある。前作までは各短編のタイトルに、虫の名前か、あるいは虫を連想させる語句を入れていた。今作はといえば、色の名前を入れる趣向で統一している。『蟬かえる』の単行本版あとがきに、「連作のひとつの区切りであることを意識した」と記したこともあり、心機一転というわけだ。

タイトルにある色――その色で描いた品物や事柄、風景や人物――が、すべて謎解きに直接絡んでいればミステリとして理想的なのだが、できあがった作品を眺めてみると、色と物語の関わりは、話によって濃淡さまざまといったところ。いずれにせよ、タイトルのつけかたを変えることで小説の自由度が増し、舞台の幅もひろがるのではないかという思惑があった。……と書けば、いかにも最初から色絡みの連作を目論《もくろ》んでいたふうだが、一話目の「白が揺れた」は当初、苦し紛れにつけた仮題だった。

二〇二一年の十月に、東京創元社から総合文芸誌として『紙魚《しみ》の手帖《てちょう》』が発刊された。創刊号に魞沢泉《えりさわせん》シリーズの新作を載せてもらえることになり、どうにか短編自体は間に合ったが、タイトルが決まらなかった。

　探偵役である魞沢泉は、これまでとなんら変わることなく、昆虫を追いかけて舞台に登場する。一話目では、その対象は蜂だ。しかしながら、彼をよりつよく事件へと導くのは、物騒な縞《しま》模様をもつクロスズメバチではなく、白い尻毛を生やした鹿だった。

　従来のやりかたに沿って、蜂の字をタイトルに入れる案もあったが、作中のスズメバチに物語を象徴するほどの力はないと判断し、「単行本収録時にあらためて考える可能性を残しつつ」との条件を添えて、「白が揺れた」を担当編集者に提案した。

　それがそのまま正式なタイトルに落ちついたのは、つづいて書きあげた二話目のなかで、たまたま赤いポインセチアが印象的な役割を果たしたせいだった。「赤の追憶」というタイトル自体は、ファンだとアピールしつづけている泡坂妻夫《あわさかつまお》さんの、「赤の追想」（創元推理文庫『煙の殺意』所収）を単純にもじったものだ。シンプルな短編らしいミステリが書けたと感じ、臆面もなく名手の作品名を拝借した。その結果、色に絡めた連作というコンセプトが、あとづけで生まれた。

こうして六編そろってみれば、作者としては〈色シリーズ〉とでも呼びたくなるが、三話目以降を執筆中の感覚は、自縄自縛にほかならなかった。タイトルに入れるのをやめたとはいえ、魞沢泉をおびき寄せるには相変わらず虫の存在も必要で、物語の自由度を高めようとするほど、不思議と作者は不自由になっていくようだ。これについては、時間がかかった言い訳にできるかもしれない。

魞沢泉に関しては、あまりキャラクター性を与えたくないという思いから、これまで外見には、作中でほとんど触れてこなかった。読んだかたがたが、それぞれ思い描く姿が正解でかまわない。文庫版『サーチライトと誘蛾灯』以降、カバーイラストをお願いしている河合《かわい》真維《まい》さんは、キャップをかぶる魞沢泉を想像してくれた。

なるほど、虫をさがして山を歩く人間に帽子は必須アイテムだが、イラストとして明示されてみれば、その姿は作者にとって新鮮な驚きだった。一話目の「白が揺れた」で、魞沢泉にキャップをかぶせたのは、そこからの影響にほかならない。

書名については、『蝉かえる』を経て連作としての色合いが濃くなったため、収録作のどれかを表題作とするよりも、一冊の本として別タイトルをつけたほうが相応《ふさわ》しいと考えた。

割り切れず、辻褄《つじつま》も合わず、少しも理解することのできない人生にあって、ミステリの明快さは読者を魅了する。そんな物語が好きだったはずなのに、それなりに年齢を重ねてからデビューしたせいか、ぼくの割り算の解答には、しばしば余りが生じてしまう。その余りは、登場人物が生きていくうえでの余裕になるかもしれないし、逆に荷物となって足を引っぱるかもしれない。

書名に悩みつつ、そんなことを思っているうち、登場人物たちが、昆虫の形態のなかでもっとも脆《もろ》く傷つきやすい蛹《さなぎ》の姿と重なった。

蛹から成虫へと脱皮する羽化《うか》の過程には、転生や再生のイメージが伴う。そのいっぽうで、脱皮に失敗するものも多いという。やがて謎にこたえを得て、後悔に区切りをつけられたり、つけられなかったりする登場人物たちを、蛹という言葉で象徴できるように感じた。

もうひとつ、蛹を書名につかった理由がある。文庫版『蟬かえる』の解説で、法月綸太郎《のりづきりんたろう》さんが「泡坂フォロワーから脱皮して独り立ちした魞沢青年とその生みの親が、これからどこへ向かって進み、どんな景色を見せてくれるのか」と書いてくださったことへの、アンサーの思いを込めた。

昆虫の羽化は一度きりでも、書き手としては繰り返し自分の殻を破りたい。なんでもかんでも虫に喩《たと》えると、そのうち本がでないことを「休眠に入った」とでも揶揄《やゆ》されそうだが、読んでくれるみなさんに、またちがう色の翅《はね》を愉《たの》しんでもらえるよう、何度でも蛹に戻って、脱皮のために、もがきつづけてみようと思う。

それでは、魞沢泉とともども、またいつか。

二〇二四年　四月

## 【引用・参考文献】

『タネをまく縄文人』小畑弘己著　吉川弘文館
『昆虫考古学』小畑弘己著　KADOKAWA
『虫こぶ入門』（増補版）薄葉重著　八坂書房
『寄生バチと狩りバチの不思議な世界』前藤薫編著　一色出版
『朽ち木にあつまる虫ハンドブック』鈴木知之著　文一総合出版
『現代の法医学　改訂第3版増補』永野耐造・若杉長英編　金原出版
『エゾシカ利活用のための捕獲・運搬テキスト』二〇二〇年三月
https://www.pref.hokkaido.lg.jp/fs/4/7/7/8/5/3/1/_/hokaku_unpan.pdf
『シカ捕獲ハンドブック　くくりわな編』二〇二一年三月　改訂二版
https://www.pref.shizuoka.jp/_res/projects/default_project/_page_/001/057/438/shikah2021.pdf
「正倉院薬物第二次調査報告」柴田承二著　正倉院紀要第二〇号
https://shosoin.kunaicho.go.jp/api/bulletins/20/pdf/0000000091
「へぼ（クロスズメバチ）を追う人に憧れて」玉置標本著
デイリーポータルZ

https://dailyportalz.jp/kiji/180813203662
「中世のインクと刺さないハチの意外な関係」　井手竜也著
ナショナルジオグラフィック日本版サイト
https://natgeo.nikkeibp.co.jp/atcl/web/18/052400008/053100002/

初出一覧

「白が揺れた」　〈紙魚の手帖〉vol. 1（二〇二一年十月）
「赤の追憶」　〈紙魚の手帖〉vol. 4（二〇二二年四月）
「黒いレプリカ」　〈紙魚の手帖〉vol. 7（二〇二二年十月）
「青い音」　書き下ろし
「黄色い山」　書き下ろし
「緑の再会」　書き下ろし

# 六色《ろくしよく》の蛹《さなぎ》

2024年 5 月31日　初 版
2024年12月 6 日　再 版

著 者
櫻田智也《さくらだともや》

装 画
河合真維

装 幀
長﨑綾（next door design）

発 行 者
渋谷健太郎

発 行 所
株式会社東京創元社
〒162-0814 東京都新宿区新小川町1-5
03-3268-8231（代）
https://www.tsogen.co.jp

D T P
キャップス

印 刷
萩原印刷

製 本
加藤製本

 ISBN978-4-488-02903-6　C0093

創元推理文庫

**第10回ミステリーズ！新人賞受賞作収録**

A SEARCHLIGHT AND LIGHT TRAP◆Tomoya Sakurada

# サーチライトと誘蛾灯

**櫻田智也**

◆

昆虫好きの心優しい青年・魞沢泉《えりさわせん》。昆虫目当てに各地に現れる飄々《ひょうひょう》とした彼はなぜか、昆虫だけでなく不可思議な事件に遭遇してしまう。奇妙な来訪者があった夜の公園で起きた変死事件や、〈ナナフシ〉というバーの常連客を襲った悲劇の謎を、ブラウン神父や亜《あ》愛一郎《あいいちろう》を彷彿とさせる名探偵が鮮やかに解き明かす、連作ミステリ。

収録作品＝サーチライトと誘蛾灯，ホバリング・バタフライ，ナナフシの夜，火事と標本，アドベントの繭